COBALT-SERIES

流血女神伝

砂の覇王 5

須賀しのぶ

集英社

目次

流血女神伝　砂の覇王5

イラスト／船戸明里

流血女神伝●登場人物紹介

カリエ

ルトヴィアで暮らしていた少女。ある日突然さらわれ皇子の身代わりとなってから激動の運命に翻弄されている。再び訪れたルトヴィアで、戴冠式にバルアンの「正妃」として出席することになり…。

バルアン

砂漠の国・エティカヤの第二王子。豪快で型破りな性格の持ち主。奴隷となっていたカリエが無実の罪で処刑されそうになったのを助け、小姓としてそばに置いていたが…。

エディアルド

ルトヴィア帝国有数の剣士で、カリエを誘拐し、教育係をつとめた。皇子の死後、カリエとともに帝国を脱出するが、奴隷市に売られたカリエを追って自らも奴隷となる。

ドミトリアス

ルトヴィア帝国の第一皇子。通称ドーン。他の3人の皇子との競争に勝ち、戴冠式を迎えて新皇帝となる。高い理想を持ち、ルトヴィア改革を志している。

グラーシカ

ユリ・スカナ王国の第二王女。軍服の似合う凛々しい性格で、親衛隊とともに各地を旅していたが、ドミトリアスの求婚を受け、皇后としてルトヴィアに嫁ぐ。

ラクリゼ

かつてカリエの命を救ったザカール人の女。褐色の肌と完ぺきな美貌を持つ。旅芸人の一座としてエディアルドと接触するが…。

サジェ

砂漠の貧しい村にいた娘。カリエとともに奴隷となるが、その美貌でバルアンの妾妃の座をいとめ、子を宿す。カリエのことを憎んでいる。

ルトヴィア帝国周辺図

ガンダルク
ユリ・スカナ王国
マツ河
シアガル山地
ラバ山脈
ゼカロ北公国
ティーザ
ゾネバ
ガーウィナ大城壁
テニヤ台地
テシャン
インダリ
ムザーソ地方
聖山
オラエン・ヤム
ビルンヤ湖
ヨナホルフ
皇帝直轄領
クアヒナ
東公国
トゥーハ大砂漠
ハヤ河
タイアーク
エティカヤ領
リトラ
ニケレ河
カデーレ(皇子領)
ヨギナ
ガゼッタ南公国
キシリス湾
N

流血女神伝

砂の覇王 5

第十三章　皇女カザリナ

1

その日はルトヴィアの冬には珍しい、雲ひとつない晴天だった。冬だというのに、降り注ぐ陽光とひしめく人々の体温で、ロゴナの一郭《いっかく》は異様にあたたかかった。

ルトヴィア皇帝の居城ロゴナ宮は、普段は市民が立ち入ることは許されない。しかし大きな祝日には、大きな正門が開け放たれ、前庭が開放される。今日も晴れ着を纏《まと》った人々が集まり、興奮した面《おも》もちで話を交わしている。彼らは頻繁《ひんぱん》に顔をあげては、期待をこめてある場所を見つめていた。

彼らの視線が向かうのは、小さな露台《ろだい》だった。この露台が使われるのは、一年に二度だけだ。もともとは、国家存亡《そんぼう》を賭《か》けた危急《ききゅう》の際に、皇帝が直接民衆に呼びかけるために使われた場所だという。しかし帝国が肥大化《ひだい》し、皇帝と民衆の距離が離れてしまった現在では、皇帝がここに姿を現すのは、一年のはじめとタイアス教の最も重要な祝日だけだ。

今日はそのどちらでもなかったが、露台には双頭《そうとう》の鷲《わし》の旗《はた》が高々と掲《かか》げられている。

もうじき、戴冠《たいかん》を終えた皇帝夫妻が、その姿を現すはずなのだ。その記念すべき一瞬をこの目で見ようと、都《みやこ》じゅうから人々が集まっていた。宮殿の前庭はすばらしく広かったが、それでもとうていおさまりきるものではなく、人の波は門を通り越し、大通りにまで溢《あふ》れている。

その中で、人々の視線を集めている一団があった。皇子領カデーレの人々だ。彼らは、ドミトリアスの皇子時代を知っている。周囲にねだられるままに、誇らしげに「ドーン」のことを語っていた。

「新帝陛下《へいか》は昔から頭も良くてなあ、身のこなしなんかも優雅《ゆうが》で、それでいて機敏でな。ちっともえらぶったところがなくて、よく宮殿を抜け出して街の酒場にきては徹夜で俺たちと話してくださったもんよ」

「そうそう、論客《ろんかく》としてもたいしたもんだったよな。酒も強かったけどなあ」

次々と明かされる話に、人々は興味津々《しんしん》の顔で聞き入っている。

「酔っぱらって喧嘩《けんか》なさったりもしたのかい？」

「いや、それはねぇな。むしろいつも仲裁《ちゅうさい》に回る役だった。さすがっつうか、感情的になるところは見たことねぇなあ。俺たちもよ、どんなに頭に血がのぼってても、ドーンに説教されると逆らえなかったな」

「おい、陛下にむかってドーンはまずいだろう」

一人が慌《あわ》ててたしなめると、それまで得意げに話していた男は頭を掻《か》いた。

「いけねぇ、つい昔の癖《くせ》でなあ。でもきっと陛下なら、笑って許してくださるよ」

「そうだな、えらぶったところが全然ないお人だったからなあ。きっと今頃、宮殿で窮屈《きゅうくつ》な思いをされているだろう」

カデーレの男たちは、人々に乞《こ》われるままに、次々と新帝にまつわる話を披露《ひろう》した。それはいずれも、ドミトリアスがいかに民衆に近い存在であるかを語る好意的なものばかりだったが、近くにいた一人の女が、顔をしかめて言った。

「ちょっと、声が高いわ。あまり大きな声を出すと、衛兵《えいへい》がとんでくるわよ」

カデーレの男たちは、そろって彼女に目を向けた。人目をひく、きれいな女だった。その愛《あい》嬌《きょう》あるそばかすを消して、美しく装《よそお》えば、タイアークの貴婦人たちにも負けないだろう。

「なんだよ、いいじゃないか。おれたちは、陛下がいかに素晴らしいかを喧伝《けんでん》しているんだぜ？　誉《ほ》められこそすれ、咎《とが》められるいわれはないぞ」

「でも、そんなふうに親しげに話しては駄目《だめ》よ。陛下は、もう私たちの友人ではないのよ。そんな畏《おそ》れ多い」

「かたいことというなよ、サラ。ドーンはそういう風に距離を置かれることを、何より嫌っていたじゃないか」

「それは皇子時代のことよ。彼はもう、皇帝陛下なのですもの。一緒にしてはいけないわ」

「頑固だな。おまえもドーンの恋人――」

サラの手が、男の口を乱暴に塞《ふさ》いだ。その目が激しい怒りに燃えていたので、男は眉《まゆ》を下げて謝った。

カデーレ時代、ドミトリアスの恋人だったサラは、今日までその記憶に触れないようにしてきた。婚礼と戴冠式の日取りが決まっても、タイアークに来る気などさらさらなかった。

気が変わったのは、一月《ひとつき》前、ロゴナ宮から手紙が届いてからだった。ロゴナからと聞いてサラは一瞬期待したが、差出人はロイと知り、落胆《らくたん》した。そして落胆した自分に腹をたてた。ドミトリアスのことはもう忘れよう、彼との絆《きずな》は切れたのだと日々言い聞かせているのに、いまだに想《おも》いを捨てきれない自分がいまいましかった。

手紙には、ドミトリアスの戴冠式にあわせてタイアークに来てほしいとしたためられていた。さすがに直接話を交わすことはできないだろうが、晴れの姿を君に見てもらえれば、ドミトリアスも喜ぶだろう。そしてもしよければ、自分と直接会って、今のドミトリアスの生活を伝えたい。君はそれを、カデーレの友人たちに教えてほしい。ロイの言葉は、旧知の者へのあたたかい思いやりに満ちていた。彼がカデーレのことを忘れていなかったのに感動し、サラの気持ちは揺れはじめた。

そして迷ったあげく、皇帝となったドミトリアスをこの目で見るのも悪くないかもしれない、本当に遠い存在になったのだと知ればあきらめがつくだろうと思い直し、タイアークに出る決意を固めたのだった。

五日前の婚礼後の行進では、場所が悪くて全くドミトリアスを見ることができなかった。今日は、ロイからの手紙の威力もあり、宮殿の前庭に入ることができた。ここからならば、露台に現れたドミトリアスの姿がよく見える。

再会の瞬間を、サラは不安と期待に揉《も》まれながら待っていた。

そしてとうとう、その時がやってきた。

露台の奥で、動きがあった。途端に、それまで騒がしかった前庭が、水を打ったように静まりかえる。

呼吸の音さえ許されぬような、張りつめた沈黙。

それは、重たげな衣《きぬ》ずれの音とともに、一気に弾《はじ》けた。

「新帝ドミトリアス陛下万歳《ばんざい》！」

「皇后《こうごう》グラーシカ陛下万歳！」

庭じゅうから、同じ言葉が轟《とどろ》いた。

露台に現れた皇帝夫妻は、深紅《しんく》のローブを纏《まと》い、輝く王冠を戴《いただ》いていた。華麗《かれい》さばかりが目立つ婚礼時の衣装とは違い、気が遠くなるほど長い歴史に裏打ちされた、重々しい戴冠の衣《ころも》。

一目見れば、これこそ帝国の支配者なのだと誰もが頷《うなず》く姿に、人々は熱狂した。

雷鳴《らいめい》のような歓呼《かんこ》の声に囲まれながら、サラはただ無言で立ち尽くしていた。

久しぶりに見るドミトリアスは大きく、威厳《いげん》に溢《あふ》れて見えた。笑顔でゆったりと手を振る姿

も、堂に入っている。懐かしさと誇らしさでサラの心はいっぱいになったが、その幸せは長くは続かなかった。視界に、グラーシカ皇后の姿が入ったからだ。

美しい人だという噂《うわさ》は聞いていた。

だが、ドミトリアスの隣で、彼と同じ色のローブを纏い微笑《ほほえ》む姿は、サラの想像を遥《はる》かに越えていた。ただ美しいだけではない。なんと気高《けだか》く、堂々とした人だろう。

「まるで女神のようじゃないか」

「女だてらに軍服を着て、剣を振り回すと聞いていたが、信じられないねぇ」

「カーテ神話の、勝利の女神ケリアそのものじゃないか。いやはや、あんな美女を后《きさき》に迎えるとは、新帝も幸せもんだ」

人々の感嘆《かんたん》の声が、サラの心を刺していく。

ドミトリアスがユリ・スカナの王女を皇后として迎えると聞いたときは、彼の改革志向に理解を示すカデーレの者たちでさえ、複雑な顔をしたものだった。しかし今、グラーシカを見上げる彼らには、熱っぽい憧憬《しょうけい》があるだけだ。

「ほんとに……きれいな人…」

サラのかすれたつぶやきは、歓呼に飲み込まれて、彼女の耳にさえ届かない。

グラーシカは、とても聡明《そうめい》な人なのだと聞いている。サラにはよくわからなかった、ドミトリアスの難しい話にも、ついていけるのだろう。

みずから馬を駆《か》る人だと聞いている。ドミトリアスの好きな狩りを、共に楽しむことができるだろう。

諸国を旅し、見聞をひろめていると聞いている。彼女の経験は、世界のことを知りたがるドミトリアスを、喜ばせることができるだろう。

まさに、ドミトリアスの隣に立つために、生まれてきたような人。大事に大事に、皆に敬《うやま》われて育ったのだろう。完璧《かんぺき》な教育を受けて、なに不自由なく、美しく、誇り高く成長し、そしてドミトリアスのもとにやってきた。そして今グラーシカは、自信に溢れた女王の笑顔で、人々に応《こた》えている。

皇帝となったドミトリアスを見れば、今度こそあきらめがつくだろうと思っていた。しかし、グラーシカ皇后を目《ま》の当たりにして、サラは絶望にたたき落とされ、同時に自分の中に潜《ひそ》むあさましい期待に気づいてしまった。

これはしょせん、政略結婚にすぎない。ユリ・スカナ王女は、ドミトリアスの改革に必要だっただけ。彼が愛するのは、いつもルトヴィア帝国だけだ。そしてきっと、生涯《しょうがい》カデーレの娘のことを忘れないでいてくれるだろう。いつも彼の心に寄り添い、誰よりも理解していた、そしてたしかに愛し合った娘のことを。心のどこかで、そう考えていた。

しかしグラーシカを見て、密《ひそ》かな期待も自負《じふ》心も、粉々に砕けてしまった。

ドミトリアスはきっと、后を愛するだろう。后は、ドミトリアスを愛するだろう。お互いに理解し、支え合い、よき夫婦となるだろう。

それは喜ばしいことだ。しかしサラは、流れる涙を止めることができなかった。

ゆっくりと顔を動かしながら微笑むドミトリアスと、一瞬、目が合ったような気がした。しかし、そんなことがあるはずがない。気のせいだ。目が合った瞬間、ドミトリアスの笑みがわずかに強《こわ》ばった気がするのも、ただ自分の中の未練が見せる幻《まぼろし》にすぎない。

「タイアス大神よ、なぜですか」

サラはドミトリアスから目を離し、天を仰《あお》いだ。

なぜあの人を、あたしから奪ったのですか。なぜあの人の傍《かたわ》らに、あんなに美しい人を用意されたのですか。

「……あたしは……とても、耐えられません」

姿なき神タイアスのおわす空は、新帝とその后の門出《かどで》を祝うように、澄み渡っている。しかし見上げるサラの顔は、どす黒く歪《ゆが》んでいた。

空気を揺《ゆ》るがす無数の声。それはみな、自分の名前を唱《とな》えている。

彼らの歓声に笑顔を返しながら、ドミトリアスは身の引き締まる思いだった。

こうして上から見下ろしていると、晴れ着を纏って叫ぶ民衆は、豊かで幸せそうに見える。しかし、同じ場所に降りてよく見てみれば、晴れ着は傷《いた》んでいるものも多いだろう。陛下万歳を叫ぶ顔は、栄養が行き届かず青ざめ、痩《や》せこけているかもしれない。それゆえに、こんなに熱狂的に叫ぶのだ。

彼らの期待を憎悪《ぞうお》に変えるのは、簡単だ。父マルカーノスが、そうだった。だからこそ自分は、何があってもこの人々を守らねばならない。彼らに応《こた》えなくてはならない。

ここに集まった人々の顔を目に焼きつけておこうと、ドミトリアスは真剣に彼らを見つめる。

その目が、ふいに止まった。群衆の中に、見知った女の顔がある。

「あれは」

思わずもれた声に、隣のグラーシカが怪訝《けげん》そうにこちらを向く。

「どうした」

「…いや」

なんでもないと言って、再び視線を戻す。しかし、さきほど見たと思った姿は、もうどこにも見あたらなかった。

そもそもここから、はっきりと人の顔など見えるはずがない。どうかしている。ドミトリアスはおのれを嗤《わら》った。

「陛下、ではお言葉を」

背後から、そっとロイが囁《ささや》いた。新皇帝は、ここで民衆に長々しい挨拶《あいさつ》を述べるのがしきたりとなっている。

ドミトリアスは頷《うなず》き、露台の手摺《てすり》に片手をかけて一歩進み出た。

途端に、人々の歓声がぴたりと止《や》む。

「諸君」

はりのある若々しい声が、響きわたった。

「私は年若く非才の身ゆえ、力をもたぬ。それゆえ一人では、何を成《な》すこともできぬ。得難い生涯の伴侶《はんりょ》を得たが、二人きりでも何もできぬ。ではこの宮殿に住まう多数の貴族たちの助けを得ては？　――いや、やはり何もできぬ」

そうだ、と群衆から大きな声があがった。

「この宮殿の中だけでは何も変わらぬことは、諸君もよく知っていよう。だからこそ、私は諸君に願う。我々に力を貸して欲しい。無償《むしょう》とは言わぬ。私が諸君に支払うは、私の命」

ドミトリアスは、自分の胸を指し示した。

「昨夜、私は夜を徹してタイアス大神に祈り、誓った。最後の血の一滴まで、そしていずれ生まれるであろう我が子の命も捧《ささ》げるゆえ、あなたの愛《いと》し児《ご》を救いたまえと。今一度、命を吹き込みたまえと。そして私は今、諸君に誓う。諸君が今まで受けていた痛みを今こそ我《われ》らが受け、諸君の手から奪われたものをいずれ必ずその手に戻すと」

人々の食い入るような視線を感じる。一言一句逃すまいとする気迫が、痛いほど伝わってくる。

「その過程で諸君に耐えてもらわねばならぬこともあるだろう。しかし最後には必ず諸君にこの命ごと、ルトヴィアを返すことをここに約束する。諸君は、私の誓いをその耳に刻み、証《あか》す者。私が誓いを違《たが》えた時は、即座にこの体を引き裂くがいい。もう一度言う、私は諸君とともに必ずやこのルトヴィアを救う！」

ひときわ高らかに放たれた誓いに、人々は沈黙した。

が、一瞬後、庭は先ほどよりもはるかに大きな歓声に覆《おお》われた。

「大言《たいげん》を。おそらく四公たちも聞いているだろうに。みずから小言《こごと》を言われる理由をつくってどうする」

グラーシカのからかうような声に、ドミトリアスは笑った。予定では、四公との会談がこのすぐ後に入っている。戴冠式の挨拶の直後、新皇帝が真っ先に今後の政策について諮《はか》るのは四公。その形式が、四公には重要らしい。

「かまわん。それに大言などではない」

「ふん、今の時点ではわからんがな」

辛辣《しんらつ》だが、彼女の表情はやさしい。

二人は民衆に手を振り、雷のような万歳に送られ、室内に入った。

侍従《じじゅう》や侍女《じじょ》が、もったいぶった動作で冠とローブを取り外す。やっと身軽になった皇帝夫妻は、ほっと息をついた。

「まったく、首が凝《こ》るな。このような、ただ重く苦痛ばかりを与えるものは、無くなってもいいのではないか？」

「そういうものがたくさんありますな」

ドミトリアスの言葉に、ロイは同意を示し、悪戯《いたずら》っぽい笑顔になる。

「それにしてもはったりがうまくなりましたな、陛下」

「毎日はったりばかりかましていればな」

ドミトリアスは肩をすくめ、グラーシカを促《うなが》し四公の待つ会議室へと移った。

二人が現れると、四公たちは深々と礼をした。再びあげられた顔は、なかなか見物《みもの》だった。東公と南公はどんな顔をしていいかわからぬといった風で北公はひたすら蒼白《そうはく》、西公は怒りを露《あらわ》にしていた。この寒いのに窓が開け放たれているところを見ると、やはり演説を聞いていたようだ。

しかしドミトリアスは、西公が抗議の言葉を吐く前に、先手を打った。

「ではさっそく今後について話し合おう。まずは、早急《さっきゅう》に手を打たねばならぬことがあるな」

皇帝の言葉に、その場にいた者すべてが、北公に目を向けた。北公の顔色は、ほとんど死人に近くなっていた。

「宮殿内は今頃、凄《すさ》まじい騒ぎだろう。さきほど祝辞《しゅくじ》に現れたバルアン王子の妃。ただの偶然にはちがいないが、あの妃はあまりにもアルゼウスに似ていた。しかも名前が、アルゼウス縁《ゆかり》の、カザリナときている。むろん醜聞《しゅうぶん》と噂好きの雀《すずめ》どもが、この二つの名前を結びあわせて何を想像するか承知の上で、バルアン王子がそのように名付けたのだろう。実にくだらん。だが雀どもには、格好の話の種だ。放っておけば、あっというまにひろがる」

「でしょうな。なにしろずっと病《やまい》に伏せていたはずのアルゼウス皇子が、期限直前に回復されてカデーレに入ったということからして、不審《ふしん》な点が多いですからな。しかもその皇子が、失《しっ》踪《そう》ときては」

「西公」

皮肉たっぷりに北公を見やる西公を、ドミトリアスは厳しい声で諫《いさ》めた。

「今はそのようなことを言っている場合ではあるまい。良いか、この時期に、選帝に少しでも不審があったのではと思わせてはならない。断じて、ならん。——北公よ」

「はっ」

名を呼ばれた北公は、目に見えて硬直した。

「そなたの血縁の皇子、しかも行方《ゆくえ》しれずのアルゼウスにうり二つの妃を見て、心乱れるのもわからぬではない。しかしそなたが憂《うれ》いを見せれば、周囲は痛くもない肚《はら》を探《さぐ》るばかりだ。気をつけよ」

「は…はい！」

詰問《きつもん》されるにちがいないと思っていたのだろう。逆に励《はげ》まされ、北公は安堵《あんど》に顔を緩《ゆる》ませた。

「ではそなたらは、早急に広間に戻るがよい。騒ぎをおさめられるのは、そなたらしかおらぬ。頼んだぞ」

なにかと四公に辛《つら》くあたるドミトリアスには珍しい言葉だった。

一国の皇帝に、そなたらしかいないと真摯《しんし》に頼まれれば、誰でも悪い気はしないだろう。西公あたりはまだ言い足りなさそうな顔をしてはいたが、おとなしく他の三公とともに退出した。

「これで小言は免《まぬが》れたな」

それまで一言も口にしなかったグラーシカは、二人きりになった途端、人形のような表情をかなぐり捨てて言った。

「むしろバルアン王子に感謝をしたいぐらいだ。しかし今日の君は、ずいぶんとおとなしいではないか」

「私がしゃしゃり出ては、皆いい気はせぬだろう」

「何を弱気な。君らしくもない。君は皇后なのだぞ。この国の共同統治者《とうち》として認められているのだ」

グラーシカは苦笑した。

「わかっている。だがいきなりこの宮殿で、そなたと同じように振る舞えと言われても出来ない」

「しかし」

「そんなことをしたら、いたずらに反感を煽《あお》るだけだ。皇后だからこそ気を遣《つか》っているのだぞ」

ドミトリアスははっと目を見開いた。

「…すまない」

自分が強引に皇后を決めてしまったせいで、グラーシカはただでさえ敵意に晒《さら》されている。その上、ユリ・スカナの正統な王女を名乗る者まで出てきた。ふるまいには慎重にならずを得ないはずなのに、とにかく「改革の象徴《しょうちょう》」としての態度を求めてしまう。

あまりに気遣いが足りなかった。眉を寄せたドミトリアスに、グラーシカは再び苦笑した。

「謝ることではなかろう。それでドーンよ、そなたはどう思っておるのだ」

「何がだ」

「あの妃のことだ。ほんとうに、他人のそら似だと思うか?」

「いや」

ドミトリアスは表情を改めて后を見つめた。

「北公のあの慌《あわ》てぶりを見ただろう。あの妃は、無関係ではあるまい。というよりも——あれはアル本人だろう」

「……あの妃には、胸があったようだが？」

「アルにも胸があった」

グラーシカは目を剝《む》いた。

「なに⁉」

「皇子宮から逃げる前、一人の少女が私のもとにやって来た。彼女は、自分が今までアルゼウスの影武者《かげむしゃ》をつとめてきたことを告白した。そして、このまま殺されるのはいやだから、エドとともに逃げると言った」

ドミトリアスは淡々《たんたん》と語った。いつかは后にも話さねばならないことだと思っていた。グラーシカにとってもアルゼウスは大切な友だったようだし、共同統治者としても北公国の罪は知っておいてもらわねばならない。

話を聞いたグラーシカは、ただ茫然《ぼうぜん》としていた。しかし、夫の話を疑う様子はなかった。

「……では私が会ったアルも…」

「同じ少女だ。あの妃、私が贈った宝石を、髪につけていた。あれはアル――いや、カリエだ。間違いない」

「カリエというのが、その影武者の名前か」

「そうだ」

「原初《げんしょ》の光か。良い名前だ」

カーリエ、と繰り返し、グラーシカはかすかに笑った。

「しかしカザリナ・ユファトニーとは……バルアン王子もよく考えたものよ。ギウタの皇女は、アルの従姉《いとこ》にあたるはずだな」

「そう、カザリナのほうがひとつ年上だ」

「たしか、落城とともにエジュレナ皇妃ともども古井戸に身を投げたと聞いたが」

グラーシカの言葉に、ドミトリアスは軽く肩をすくめた。

「それは詩人が勝手に言い出したことで、誰も死体を見てはいない。皇帝と傭兵王《ようへいおう》は戦死が確認されているが、皇妃と皇女は不明だ。もっとも、エティカヤの包囲網《ほういもう》をくぐりぬけて脱出できるとも思えんが……」

実はドミトリアスも、カリエがアルゼウスの影武者だと告白してきた時に、彼女はカザリナではないのかと考えた。あの相似《そうじ》を偶然と考えるには、あまりにも彼女は皇子に生き写しだったからだ。

しかし、エティカヤ軍によるヨギナ包囲網は何重にもわたり、猫の子一匹通れぬものだったと聞いている。エティカヤ軍が城門を突破して雪崩《なだれ》こむ前夜、皇妃エジュレナと皇女カザリナは、皇帝とともにシャウラータ聖堂《せいどう》に最後の礼拝《れいはい》に参列していたという。これは、生き残った市民たちの多数が目撃しているから、確かだ。その礼拝からエティカヤ軍の総攻撃まで、たったの数刻。その間にヨギナから脱出を果たすなど、まず不可能だ。

「さて、それはどうだか」

グラーシカは、悪戯《いたずら》っぽく笑った。

「当時、ホルセーゼの軍には、ザカール女神の化身《けしん》がいたと言われているぞ」

「……流血女神の化身?」

ドミトリアスは眉を寄せた。そんな話は、聞いたことがない。

「そうか、そなたらにとってザカール人の話は禁忌《きんき》だからな。ホルセーゼの英雄性を損《そこ》なわぬためにも、ルトヴィアではその話は省《はぶ》かれたのだろう」

「その女神の化身というのは……女神というぐらいだから、女性なのか」

「そうだ。私も詳しくは知らんが、以前我が国に、当時ホルセーゼの部隊にいたというザカール人がいてな。その男から聞いた。凄《すさ》まじく強い女で、戦闘になれば一人で百人は片づけるから、エティカヤ軍からも恐れられていたそうだ」

「…百人とは、また」

「信じられんだろう。だが、ほらではないと言っていた。話をしてくれた男は僧侶《そうりょ》なのだが、剣の名手なので私も何度か稽古《けいこ》をつけてもらった。その男の腕前も、私から言わせれば人間離れしているのだが、彼いわく、その女は何倍も強いんだそうだ。あの男は、ああいうことでは嘘《うそ》は言わん」

「面白い話ではあるな。それで、その戦闘の後、女兵士はどうしたのだ?」

「姿を消したそうだ」

「姿を消した…」

「そう、だからこそ、カザリナ皇女と共に逃げたという可能性が高まるわけだ」

「しかしカリエは、ギウタのことなど一言も口にしなかった。隠しているようにも見えなかった。自分はゼカロの山村に住む猟師《りょうし》の娘だと、はっきり言ったのだぞ」

「ふむ。では、そうなのだろう。単にカリエが、過去について何も知らされていないだけなのかもしれんが」

ドミトリアスは額《ひたい》をおさえて、息をついた。

「……一度、北公を徹底的に問いただされねばならんな。もしカリエが皇女ならば、ギウタからの逃亡を北公は知っていたことになる。ついでに、彼女がその後どこで生活していたのかもな。そうでなければ、影武者として呼び寄せることは不可能だ」

「あと問題は、バルアン王子がどこまで証拠をつかんでいるかということだ。カリエが、そなたが贈ったものをさきほど身につけていたというならば、影武者の件は知っていると見ていいだろうが、皇女の件はさすがにわからんな」

「影武者の件は、カリエが話したと思うか?」

「奴隷《どれい》となれば、むりやり口を割らねばならぬこともあるだろう。ないとはいえぬ」

「わからんぞ。自《みずか》らすすんで告げたかもしれん。カリエには、ルトヴィアに何の義理もない。むしろ自分を苦境に追い込んだルトヴィアを憎んで——」

「ドーン」

グラーシカが険しい声で遮《さえぎ》った。

「そなた、自分で何を言っているのかわかっているのか」

「…すまない」

「カリエの、あの青ざめた顔を見ただろう。だいたい正妃は病弱だなどと王子は言っていたが、あの元気のかたまりのような人間が病弱とは笑わせる。無理強《じ》いされたに決まっているだろうが」

「そうだな」

ドミトリアスは苦笑まじりに息をついた。

グラーシカの言うとおりだ。カリエが、すすんで自分たちを裏切るような真似《まね》をするはずがない。そんなことはわかっているはずなのに。

どうも、とうとう皇帝になったという事実が、平常心を奪っているようだった。気負いすぎて、足下が見えていない。まわり中が敵のような錯覚《さっかく》に陥《おちい》ってしまう。

「君がいてくれてほんとうによかった、グラーシカ」

ドミトリアスはしみじみと言った。グラーシカが目を丸くする。

「何だ突然」

「昔から、ロイによく言われた。考えこみながら歩いて、足下の小石に蹴躓《けつまず》き、そのまま頭を打って死ぬタイプだと」

グラーシカは思わずふきだした。

「それはまた」

「君は、理想は高くとも常に足下も見られる人のようだ。これからも、教えてくれるとありがたい」

「そなたにそのようなことを言われるとは妙《みょう》な気分だ。気色《きしょく》が悪い」

グラーシカはそっぽを向いた。

「気色が悪いとはあんまりだ」

「ならば、気色が悪いことを口にするな。とにかく、アル——いや、カリエのことを信じよう。せめて我々が信じねば、哀《あわ》れだ。少しでも話をかわせる機会があればよいのだが」

「晩餐会《ばんさんかい》には出るだろうか」

「難しいところだな。そなたはどう思う」

ドミトリアスはしばらく考え込み、「出ない、かな」と答えた。

「では私は出るに賭けよう。そうだな、ゾルバイガ製の剣《つるぎ》でどうだ」

「ならば私はオルダンの剣だ」

「ふむ、悪くない。晩餐会が楽しみだな」

「まったくだ」

二人は顔を見合わせて笑った。

しかし、ロイあたりが聞いていたら、「せめてドーンは宝石とかを賭けてあげてくださいよ」と頭を抱《かか》えたにちがいなかった。

2

あまりの息苦しさにふと目を覚ませば、そこは何もない闇《やみ》だった。

何度まばたきをしても、何も見えない。

そして、体の自由が全くきかないことに気がついた。全身をきつく縛《いまし》められている。肌にくいこむ縄《なわ》の感触。口には猿《さる》ぐつわ。さらにごていねいなことに、大きな布で全身すっぽり覆《おお》われている。

手足はまったく動かないが、体は絶え間なく激しい震動にさらされている。それがよけいに、息苦しさに拍車《はくしゃ》をかけていた。

唯一《ゆいいつ》自由になる聴覚は、蹄《ひづめ》の音をとらえていた。馬に乗せられているのだと理解するのに、それほど時間はかからなかった。

蹄の音に慣れてくると、自分のものではない荒い呼吸に気づき、さらに遠くからは不穏《ふおん》な音が聞こえてきた。怒号《どごう》、乱打する複数の蹄、嘶《いなな》き、武器の鳴る音、そして――銃声。

状況を悟《さと》って、カリエは悲鳴をあげた。しかし、体の奥底から絞り出された恐怖の叫びは、くぐもった音となって漏《も》れるだけだった。

「静かに！　死にたいのですか！」

鋭い声が、一喝《いっかつ》した。

「もう少しの辛抱《しんぼう》です。それまで荷物のふりをしていなさい」

驚きと恐怖で、カリエは体を竦《すく》ませた。今までカリエは、こんなふうに乱暴に命令されたことがなかった。誰もが彼女には丁寧《ていねい》な言葉と態度で接してきたから、それが普通なのだと思っていた。

次第に、不穏な音が遠くなっていく。聞こえるのは馬の蹄と、自分の鼓動《こどう》ばかりとなった。

蹄の鳴る間隔《かんかく》がゆるやかになり、突き上げるような震動も少しずつおさまっていく。

やがて完全に馬が脚《あし》を止め、誰かが地面に降りたと思ったら、体に手をかけられた。カリエは再び硬直した。しかし恐怖をよそに、体はそっと地面に横たえられた。そして全身を覆っていた布が取り払われ、カリエは自由な呼吸を取り戻した。

大きく息をつき、顔をあげたカリエは、ひっと息を呑《の》んだ。

夜の闇の中、不気味な輝きを放つふたつの光があった。

それは、獣《けもの》の目だった。

獲物《えもの》を間近に捕らえた、美しく恐ろしい目だった。

──わたしは、死ぬんだ。

爛々《らんらん》と光る視線に射抜かれ、カリエは動けなくなった。叫ぶことも、できなかった。ただ全身が、どうしようもなく震えた。

その目が近づいてくる。

やがて、熱く湿ったものが頬《ほお》に触れ、カリエは弾《はじ》かれたように口を開いた。


悲鳴とともに、カリエはとびおきた。

荒い息をつきながら、あたりを見回す。暗闇も、光る目も、そこにはなかった。

「すごい声だな」

笑いを含んだ声に目を向ければ、長椅子《ながいす》に腰かけたビアンの姿があった。今日は、エティカヤの服を着ている。朝から外に出ていない証《あかし》だ。

「ずいぶんとうなされていたな。この状況では無理もないか」

寝台に近づき、炎の貴妃《ラハジル》は汗まみれのカリエを見下ろし笑った。

「それではせっかくの化粧が台無しですぞ、マヤラータ・カザリナ」

その呼び名に、カリエはもうひとつの悪夢を思い出した。

「――マヤルはどこです？」

「そなたをここに運んで、広間に戻られた。言づてを頼まれている。戴冠式後《たいかんしきご》の晩餐会《ばんさんかい》への出席は、そなたの好きにしていいと」

カリエは目を見開いた。

「出るというならば、また支度《したく》をしなくては。そんな顔では、マヤルの恥になろう」

「結構です。そんなもの、誰が出るもんですか！」

カリエは敷布を摑《つか》み、吐き捨てた。これ以上、バルアンの顔をたててやる義理などない。

「それはそなたの自由だが……いいのか？」

「何がです」

「このまま泣き寝入りすれば、そなたは単に、その素姓《すじょう》を利用されただけで終わる」

カリエは眉《まゆ》を顰《ひそ》めてビアンを見上げた。

「素姓って、ギウタの皇女かもしれないってことですか？　そんな馬鹿げた話、誰も信じませんよ」

「私も馬鹿馬鹿しいと思うが、わざわざ戴冠式にそなたをカザリナの名で正妃として披露《ひろう》したのだから、マヤルには、なにか根拠がおありだったのだろう。実際、宮廷は動揺している」

「……」

「それで、どうなのだ？　そなた本当に、ギウタの生き残りなのか」

「私はエティカヤの人間です」

カリエはきっぱりと言った。その必要以上に強い語調に、ビアンは鼻を鳴らす。

「そうか。だが、そなたがどう思おうと、今からギウタ皇女にしてマヤル・バルアンの正妃《マヤラータ》という肩書きがついてまわることは変わらない」

カリエの顔が歪《ゆが》む。

「……ビアンさまは、ユリ・スカナの王女様なのでしょう。ビアンさまこそがマヤラータになればよろしいのに」

今度はビアンの顔が険《けわ》しくなった。

「なれるものならなりたいに決まっている。そなたの国はもう存在しないが、私の国は残っている。そなたより、私のほうがマヤラータに相応《ふさわ》しいと誰もが言うだろう」

「……そうでしょうね」

「ついでに言えば、二の貴妃《セガナ・ラハジル》ジィキもだな。イギは国としての規模はユリ・スカナと比べものにならんが、戦士が勇猛《ゆうもう》なことは有名だし、歴史も古い。ジィキはその女神だったのだから、やはりマヤラータとして迎えられてもおかしくはない。だがマヤルは、私もジィキも、マヤラータとして娶《めと》りはしなかった。後宮《こうきゅう》に入る前の身分だけでは、マヤラータとして迎える基準に達してはいないということだな」

「ではどうして私は？」

「こちらが聞きたい。いまさらギウタを復興できるはずもなし、亡国の姫など手に入れても何もならんと思うがな。だがマヤルが、そなたをマヤラータとして世に示したのは、事実だ。いつこんなことを考えられたかは知らんが、あいかわらずマヤルの頭の中だけはわからん」

「ラハジルでもわからないんですか」

「わからんな。言っておくが、そなたをマヤラータとして出すと聞いて、私は腹を立てたのだぞ。今だって、そなたを縊《くび》り殺したいぐらいだが」

カリエはぞっとして、自分の体を掻《か》き抱《いだ》いた。ビアンが言うと洒落《しゃれ》にならない。

「やめてくださいよ」

本気で怯《おび》えている彼女を見て、ビアンは意地悪く笑った。

「安心せよ。そなたには、大きな借りがある。縊り殺すわけにはいかない」

「借り？」

きょとんとしているカリエを、ビアンは探るように見つめた。

「……そなた、本当にマヤルからなにも聞いておらんのか？」

「だから何をです」

「私の娘のことだ」

「イウナさまがどうかされたのですか？」

「わからぬならばよい。それよりも、あと数刻で晩餐会だ。出席する気があるなら、今から準備にとりかからねばな。服も着替えねばならんし、どうする」

「……そんな、急に言われても…」

「もっともそなたに、宮廷晩餐会の心得があるとも思えぬし、欠席したほうが身のためだろうな」

カリエはむっとしたが、挑発《ちょうはつ》だとわかっているので、逆に訊《き》き返した。

「ビアン様はどうされるのですか」

「私は出られん。ラハジルなど、ルトヴィアから見ればただの愛妾《あいしょう》にすぎん。皇帝主催の晩餐会など格式が高すぎて、とてもとても」

皮肉な口調に、カリエは後悔した。

ビアンは、かつてはどんなに格式の高い式典にもつりあう身分をもっていたのに。傷を抉《えぐ》るようなことを口にしてしまった。

「そのような顔をするな。そなたに憐《あわ》れまれる必要などない。私は私で、やらねばならぬことがあるのでな」

「四公の側近《そっきん》と密談でも?」

「この宮廷には、グラーシカを皇后として認めたがらぬ輩《やから》も大勢いるのでな。話がしやすくて助かる」

皮肉を堂々と肯定《こうてい》されて、カリエは渋《しぶ》い顔をした。

「……ビアンさまが、ご自分を不幸にたたき落としたバンディーカ女王をお恨《うら》みになるのは当然だと思いますけど」

「思うが、なんだ?」

「でもグラーシカ皇后は関係ないでしょう? 皇后は、ただユリ・スカナとルトヴィアの平和を願い、嫁《とつ》いでいらしたんです。なぜあの方を困らせるようなことをなさるんですか」

ビアンは鼻を鳴らした。

「ふん。まるでグラーシカ本人をよく知っているような口ぶりだな。そなたに言われるまでもなく、そんなことはよくわかっている。あれは良い人間だ。あの女狐《めぎつね》の娘とも思えぬ——いやむしろ、あの女の娘だからこそ、ああなったのかもしれんな」

ビアンの言葉は、カリエを驚かせた。先日、グラーシカの親衛隊長を詰《なじ》っていたビアンからは、グラーシカやユリ・スカナへの憎悪《ぞうお》しか感じられなかった。あの親衛隊長が言ったように、バンディーカ女王によって全《すべ》てを奪われたビアンに同情はするものの、ユリ・スカナの民《たみ》のことも顧《かえり》みず、おのれの怒りだけを押し出す貴妃の姿は、見苦しいものでしかなかった。

しかし、今カリエの前に立つビアンからは、先日のような激情が感じられない。グラーシカは良い人間だとさえ言った。先日とはあまりに違う態度に、カリエは戸惑《とまど》った。

「では、なぜ皇后を貶《おとし》めるようなことをなさるんですか? 四公たちと接触して、皇后を引きずりおろそうとすれば、真っ先に傷つくのはルトヴィアです。ラハジルが憎むユリ・スカナではないでしょう？」

生意気な口をきいていることはわかっている。そなたに何がわかると一喝《いっかつ》されるのは、覚悟の上だった。

しかし意外なことに、ビアンは微笑《ほほえ》んだ。

「私がマヤルのおそばにあがったのは、ちょうど今のそなたと同じぐらいの歳《とし》だった」

カリエはぽかんとしてビアンを見上げた。

「マヤルは私に、何が望みかとお尋《たず》ねになった。私は、自分を追い落とした者たちへ復讐《ふくしゅう》したい、そのためならば何でもすると答えた。するとマヤルは、それがいったい何を生み出すのか、無意味なことではないかとおっしゃった。後宮に来て自分の保護も得た今、過去は忘れ、新たな栄華《えいが》を求めればいいではないか、おまえにはそれが出来るのだと」

意外だった。あの人でなしでも、そんなまともなことを口にすることがあるとは。

「でもビアンさまは、それを拒絶されたのですね？」

ビアンは頷《うなず》いた。

「それこそ無意味なことだと、私は言った。マヤルのように、未来しか見ないお方には馬鹿げているかもしれないが、私にとっては、殺された母たちの無念を晴らすことは何よりも重要なのだと。それが、生き残った者の義務なのだと。そのためだけに生涯《しょうがい》を費《つい》やす覚悟だと言った」

「マヤルは何て？」

「面白い、と愉快《ゆかい》そうにお笑いになった。そして私はシャーミアとなり、マヤルの子を産み、ラハジルとなった。マヤルは私の名を使って、プロッコフらユリ・スカナの亡命者たちを引き寄せた。私はマヤルの後見《こうけん》を得たおかげで、復讐のための準備を整えることができた。マヤルは私が役にたつかぎり、私の好きにさせてくださる。そして私も、私の復讐を遂《と》げるために、マヤルにもっと力をつけていただかねばならぬ」

ビアンは顎《あご》をそらし、きっぱりと言った。

迫力に押されて、カリエはただ口を開けてビアンを見上げるだけだった。

不毛とわかっていながら、自分から茨《いばら》の道を選ぶとは。しかもバルアンは、本気かどうかはともかくとして、ビアンに花園に至る道を示したのに。もっともビアンがそこでバルアンのすすめに従ったなら、おそらくラハジルになることはなかっただろう。後宮での豊かな生活は約束されたかもしれないが、炎の貴妃と呼ばれ、バルアンの興味を長きにわたって惹《ひ》きつけることはなかったはずだ。

カリエもだてにバルアンの小姓《こしょう》をやってはいない。あの男の性質はわかっている。天《あま》の邪鬼《じゃく》だし、他人から与えられたものを押し頂くような人間は大嫌いだ。普段から、カリエが刃向《はむ》かえば刃向かうほど、面白そうな顔をする。ビアンの壮絶な決意は、さぞかし彼を喜ばせたことだろう。

「つまりラハジルは、利用しろと自分からマヤルに迫ったようなものなんですね」

「そう、私の復讐はすでに私ひとりの問題ではない。グラーシカがたとえ清廉《せいれん》な人間であろうが、ルトヴィアの民や祖国の民が傷つこうが、そんなことではもはや私を止められぬ。止めれば私がマヤルに殺されようし、そんな脅《おど》しがなくても、私は今さら引く気はない」

「同意はしかねますけど、決意が固いのはよくわかりました」

「ふん、それにひきかえ、そなたのなんと惰弱《だじゃく》なことよ」

「惰弱？」

「そなたもしょせんは、マヤルの持ち物。利用されるのは当然、しかし逆にマヤルのお力を利用しようという気概《きがい》はないのか」

思いもかけない言葉に、カリエは驚いた。

「利用なんて……だって、私はビアンさまのような強い望みがあるわけではないですし」

「そういう問題ではない。いいか、そなたはなんの力もない十五の子供だ。そんな無力な存在が、大仰《おおぎょう》な肩書きをもって現れたら、利用され尽くされるに決まっている。こんな所では、誰もそなたのことなど考えない。考えるのは、そなたをいかにして利用するか、それだけだ」

もちろん自分も例外ではない、と言わんばかりに、ビアンは口元を歪める。

彼女もまた、力のない子供だった。そして利用される痛みを知っている。その苦痛と復讐の炎が、ビアンをここまで鍛《きた》え上げた。炎の貴妃と呼ばれる、誰よりも激しく、美しい鬼に。

「このままいけば、そなたはいずれ、骨までしゃぶられ、潰《つぶ》される。それがいやならば、今の立場を利用せねばならん。これは死活問題なのだ、わかったか」

叱咤《しった》する口調は、こちらを奮《ふる》い立たせようとしているようにしか聞こえない。カリエは首を傾《かし》げた。

「……ビアンさまからすれば、私なんか利用され尽くされて潰れたほうが良いのではないですか？」

「ラハジルとしては、そうだな。だが、ともに祖国を失った者どうし、マヤルのお心ひとつでどうとでもなる奴隷としては、そなたを案じている」

カリエは不思議な顔をしていたのだろう。ビアンは笑った。

「信じていないな。無理もないが、嘘《うそ》ではないぞ。そなたを憎むのも事実、そなたを憐《あわ》れむのも事実」

憐れむという言葉に、カリエは顔をしかめた。

「あなたに憐れまれる必要なんてありません！」

「そう、その意気だ。それで、晩餐会はいかがする？」

カリエはぎゅっと唇《くちびる》を噛《か》み、うつむいた。

出たくはない。だが、たしかにこのまま引っ込んでいては、ドミトリアスたちにも誤解されたままだ。予定では、自分たちは明日にはもうこのロゴナ宮を去り、帰路《きろ》につく。今を逃せば、彼らと会う機会は永遠にないかもしれない。

カリエは顔をあげ、挑むようにビアンを見つめた。

「出ます」

「結構。ではすぐに、支度にかかろう」

ビアンが手をたたくと、続きの間からぞろぞろと侍女《じじょ》たちが姿を現した。手にはそれぞれ、新しいドレスや化粧道具をもっている。さきほどから待機していたのだろう。

寝台から降りたカリエを取り囲み、素早く準備を整えていく。カリエはおとなしく耐えていたが、目だけをちらちら動かしているのを見とがめて、ビアンが声をかけた。

「何だ、落ち着きのない」

「……あの、ナイヤはどこにいますか？」

ビアンはあきれたように目を見開くと、ため息まじりに言った。

「隣で寝ている。泣き喚《わめ》いて大変だったから、酒を飲ませて眠らせた」

「…そうですか」

「まったく、暢気《のんき》なことだ。今はあんな小娘のことを心配している場合ではあるまい。そなたがすべきことに、集中せよ」

「はい」

しおらしく頷きはしたものの、それとこれとは別だよ、とカリエはこっそり胸の内でつぶやいた。ドミトリアスやグラーシカも大事だが、ナイヤも大事な友達だ。どっちかなど比べられない。

さきほどとは別のドレスを着せられ、乱れた髪がきれいに整えられた頃、見計らったようにバルアンが現れた。

「ほう。晩餐に出るつもりか」

面白そうに目を細める彼を、カリエは睨《にら》みつけた。

「マヤラータならば、当然のことでしょう?」

「ほう、なりきっているな。いいことだ」

バルアンが長椅子に腰をおろすと、ビアンの侍女が進み出て、杯《さかずき》と菓子を盛った盆《ぼん》を捧《ささ》げた。しかしバルアンは片手をふって下がらせた。

「酒で腹が破裂しそうだ。ルトヴィアの飯はうまいとは思わんが、あの葡萄酒《ぶどうしゅ》は悪くない。最も良いのが西公国産のものだそうだが、おれは南公国のほうが美味《うま》いと思ったな。そう言ったら南の奴《やつ》、喜んでいたぞ」

「南公と話されたのですか?」

「南だけではない。皇帝夫妻と四公が下がった後、他の連中は大騒ぎでな。みな、おまえのことを訊《き》きたがったぞ。適当にかわしているうちに、四公が戻ってきてな。おれは引きずりだされて、四人から接待攻撃だ」

「そうですか」

たまには四公もまともなことをするらしい。カリエは生まれてはじめて、彼らに好意を抱いた。

「ではマヤル、とうとう北公や南公とも接触されたのですね」

ビアンが喜色《きしょく》を浮かべて、マヤルの足下に腰を下ろした。カリエを上から傲然《ごうぜん》と見下ろしていた人物とは、別人のようだった。

以前、はじめてビアンがバルアンに奴隷《どれい》のごとく仕《つか》えているのを見たときには驚いたが、今はむしろ感心した。バルアンは、ビアンの目的と本性をよく知っている。そしてビアンもその事実を知った上で、バルアンの前では後宮の愛妾《あいしょう》としての態度を崩さない。

そのまま二人は四公について話を始めた。ビアンは、態度こそ後宮《こうきゅう》の女そのものだが、自分の意見ははっきりと口に出す。しかし決して、出過ぎるようなことはしない。その距離の置き方はみごとだと、カリエは素直に感心した。

相手を逆に利用せよ。私のためにも、マヤルにはもっと力をつけていただかなくてはならない。ビアンの言葉が、カリエの心に重みをもって響いた。

侍従《じじゅう》が、晩餐の時間を伝えにやってきた。バルアンはにやりと笑って立ち上がる。

「そろそろ時間だな。行くか、マヤラータ。皆がおまえを待ちかねている」

差し出された大きな手を、カリエは無表情で取った。

どこまでできるかはわからない。しかし、ここはビアンを見習ってみようと思った。

晩餐の間には、各国の貴賓《きひん》とルトヴィアの高位貴族がすでに席についているようだった。開け放たれた扉からは、ざわめきが聞こえてくる。控えの間に入ったカリエは、うるさい心臓を叱咤《しった》した。

「バルアン王子、カザリナ正妃、お着きにございます」

先導《せんどう》の侍従の声に、室内のざわめきがぴたりと止まった。無数の目が、いっせいにカリエを見つめる。

凄《すさ》まじい圧迫感に、カリエの体は勝手に震えだした。

「倒れるなよ」

耳元で、バルアンが笑いまじりに言った。その馬鹿にしたような響きに、カリエは足を踏ん張り、顎《あご》をあげた。そして、じっと自分たちを見つめる貴族たちに、微笑んでみせた。その途端、凍りついた空気が一気に動きだすのがわかった。

縦長の広間には、長大な卓が置かれていた。その上座《かみざ》に、皇帝夫妻のきらびやかな席がある。さっと見たところ、まだ埋まっていない席はその皇帝夫妻の席と、そこに最も近い右手上座のふたつだった。

侍従について、席へと向かう間も、痛いほど視線を感じた。すすんで話しかけてくる者がいないのが、せめてもの救いだった。くだけた夜会の場ならばともかく、皇帝主催の晩餐の席で、下位の者から上位の者に話しかけることは許されていない。今のカリエは、エティカヤ王子の正妃だ。彼女に話しかけることができるのはバルアン、シャイハン、ユリ・スカナのイーダル王子、そしてまだここにはいないルトヴィア皇帝夫妻のみだった。

カリエは、案内された席の隣に美しい少年が座っているのを認め、少なからず驚いた。年齢から見て、これがユリ・スカナのイーダル王子であることは間違いない。

卓の反対側を見ると、ちょうどバルアンの正面にマヤル・シャイハンが座っている。つまり、皇帝夫妻に最も近い上座を、エティカヤの王子二人が占《し》めていることになる。バルアンは、王子といっても第二王子だ。一方、ユリ・スカナ側の王族の出席者はイーダルだけだというのに、バルアンとその妃のほうが席次が上というのはどういうことだろう。シャイハンが一方の上座についたなら、もう一方の上座はイーダルがつくべきではないのだろうか。

イーダルがまだ子供だからか。それとも——まさかとは思うが、カザリナ皇女の肩書きが何らかの影響を与えたのだろうか。

シャイハンも、冷たい怒りを含んだ目でこちらを見ている。格下であるはずのバルアンと同列に扱われたのが、我慢《がまん》ならないのだろう。

しかし、バルアンの下座《しもざ》となったイーダルは、まるで気にしている様子はない。カリエが隣に来ると、屈託《くったく》のない笑顔で立ち上がった。

「はじめてお会いいたします、マヤラータ・カザリナ」

まだ声変わりしていない、高く澄んだ声だった。

カリエは、ルトヴィアの貴婦人たちのように右手を差し出しかけたが、自分はエティカヤの人間であることを思いだし、やめた。

「ご挨拶《あいさつ》が遅れて申し訳ございません。イーダル王子ですね。お会いできて光栄です」

ユリ・スカナのイーダル王子。

間近で見るのは、はじめてだ。グラーシカの弟というだけあって、たいへんな美少年だった。淡い金の髪に水色の瞳《ひとみ》を見たときには一瞬エディアルドを思い浮かべたが、彼のように高圧的で冷たい印象はない。愛嬌《あいきょう》のある笑顔と、身の丈《たけ》がカリエとそれほど変わらないせいだろう。

カリエはだいぶ気が楽になった。隣が四公のような、老獪《ろうかい》な大人たちだったら何を言われるかわかったものではない。イーダルならそれほど歳《とし》が変わらないし、グラーシカの弟だから悪意まるだしで観察してくることもないだろう。そこまで考えて、この席はひょっとして、グラーシカの気遣《きづか》いなのではないかと思い至った。

「さきほどは急に倒れられたので、心配いたしましたよ。お加減はもうよろしいのですか？」

カリエが腰をおろすのを待って、イーダルはにこやかに言った。声はまだ幼いが、口調はずいぶんとしっかりしている。

「はい。神聖な場で、大変な失礼をいたしました。申し訳ございません」

「いいえ、元気になられたのなら何よりです。ほんとうに、こうしてお会いできて嬉《うれ》しいですよ。なにしろまわりが……」

イーダルはふいに声をひそめ、カリエのほうに乗り出した。

「脂《あぶら》ぎったおじさんと脂粉《しふん》くさいおばさんばかりではねぇ」

カリエはぎょっとしてイーダルを見た。水色の目が、悪戯《いたずら》っぽく輝いている。

「あなたは、僕とそんなに歳が変わらないでしょう？　ほっとしましたよ。あなたがバルアン王子の妃でなければ、もっとよかったんですけどね」

彼は素早く片目を瞑《つぶ》った。カリエはただただあっけにとられていた。

「実は僕もね、きのう自分の部屋で倒れましてね」

「まあ、どうなさったんですか？」

「おなかを締めつけすぎましてね。だから、さっきあなたが倒れたのを見たとき、あのときの苦しみを思い出して自分まで痛くなりました」

「おなかを締めつけすぎた？」

「ルトヴィアのドレスはユリ・スカナのに比べてうんとおなかを締めつけるんですよね。ゆうべ着てみたのですが、そのまま呼吸困難を起こしてぶっ倒れました」

カリエは思わずふきだした。

目の前の利発そうな少年が、さきほどの自分のように思いきりおなかを締めつけられ、目を回している姿を思い浮かべるとおかしかった。

しかし、ふと疑問が浮かんだ。

「……あの、なぜ殿下がドレスを？」

「着たいからです」

「……は？」

「僕、ドレス似合いそうだと思いませんか？」

まじめな顔で尋《たず》ねられ、カリエは面食らった。たしかにイーダルは、きれいな顔立ちをしている。はっきり言って自分などより、よほどドレスが映《は》えるだろう。

「ええ、まあ……」

「でしょう？　僕は昔からドレスが好きで、よくつくってもらっていたんですよ。今なんか、普通の服と同じぐらいドレスが揃《そろ》っているかなあ」

「でも、あの、女王陛下や周囲の方々は、何もおっしゃらないのですか？」

「そのままの格好で外に出なければいいと言ってくださいますよ。僕がもっと小さい頃は、ドレス姿で夜会に出ても、周囲に喜ばれたものですが、最近はどうも反応が悪いですねぇ」

「はあ……」

どんな表情をしていいのかわからなかった。イーダルが冗談で言っているのか本気なのか、どうもつかめない。ついでに、いくら子供とはいえ女装王子を笑って許すユリ・スカナもよくわからない。

「ユリ・スカナって、おおらかなのですね。羨《うらや》ましいです。皇后陛下も、ずっと男装で通されたと聞きますし」

「そう、よく姉上と僕が逆だったらいいのにと言われたものですよ」

「ドレスは動きづらいと思いますけど、それでもドレスのほうがいいですか？」

「いやあ、さすがにずっとそれで生活するのはいやですね。僕がドレスを着るのはですね、もともと旅芸人になりたいという夢がありまして、その延長上といいますか。違う自分になりきって遊ぶんですよ」

「旅芸人、ですか」

「そう。王子としての役、姫としての役、ごく普通の子供の役。いつでも、これはひとつの劇で、自分は割り振られた役をこなしているんだって思うと、面倒なことでも面白く思えてきたりするものでね。なかなか便利なものですよ」

カリエは目を瞠《みは》った。相手が何を言いたいかわからぬほど鈍《にぶ》くはない。

やはり、イーダルがその姉から何かを言われたことはまちがいなかった。カリエは、ユリ・スカナから来たこの美しい姉弟に、心から感謝した。

「皇帝夫妻のご到着です」

侍従の高らかな声に、イーダルの顔をじっと見つめていたカリエは我《われ》に返った。席を立つ周囲の者にならって、慌てて立ち上がる。

「なかなか図太いものだ」

イーダルとは反対側の耳が、潜《ひそ》めた声を聞いた。カリエは声の主《ぬし》を見上げた。バルアンは目だけをこちらに向けて、笑っている。

「広間中の注目を受けていながら、イーダルと笑って話せるとは。頼もしいな」

カリエも小さく笑った。頼もしいのは自分ではなく、イーダルのほうだ。たしか王子は自分よりも年下のはずだが、よほど大人びている。自分もあんなふうに、さりげなく人の気をほぐすことができたらいいのに。

皇帝夫妻が入ってきた。カリエは他の貴婦人たちの真似をして礼を取る。ドミトリアスとグラーシカはにこやかに広間を見渡し、カリエに気づいてわずかに目を瞠った。——ように思えた。

彼らがそれぞれ短い挨拶《あいさつ》と感謝の念を述べると、着席して晩餐となった。昔いやというほどエディアルドにたたきこまれた作法を必死に思いだしながら、カリエはグラスを手にした。おそらく、上等の葡萄酒なのだろう。しかしカリエは、口に含んだときに顔が歪みそうになってしまった。

「バルアン王子、ルトヴィアの葡萄酒はいかがですか？」

すぐそばで、ドミトリアスの声がした。彼は、バルアンに近い席に座っている。ドミトリアスのむこうのグラーシカに目を向けると、さっそくシャイハンに話しかけていた。

「美味《びみ》ですな。ムザーソにいくつか持ち帰りたいぐらいですが、運ぶ間に味が変わるというのが残念で」

バルアンはほんとうに残念そうに、グラスを見た。こんなまずいもん持って帰らなくていいよバカ、とカリエは胸中でつぶやいた。

「エティカヤの果実酒も美味だと聞きましたよ。残念ながら、味比べをできるほど味わったことはないのですが」

「果実酒はもっと酸味が強いか、もっと甘いかのどちらかですね。ルトヴィアの方は物足りなく感じるかもしれません」

そこでバルアンがふいにこちらを向いた。

「正妃、美味《うま》いからといってあまり飲むなよ。そなたには少々、強かろう」

「あ、はい」

頷くと、ドミトリアスと目があった。久しぶりに間近で見る彼の顔に、カリエはもう少しで泣きそうになった。

「お体の調子はいかがですか、カザリナ殿。お風邪《かぜ》を召されたのでしたら、のちほどホットチョコレートでも用意させましょう」

ドミトリアスの言葉に、カリエは息が止まりそうになった。

「……ありがとうございます」

もっと気のきいたことを言わなければ。戴冠式で倒れた無礼を詫《わ》びなければ。そう思うものの、胸がいっぱいで、小声で礼を述べるのが精一杯だった。

ホットチョコレート。彼は、覚えていてくれたのだ。

「ああ、たしかに葡萄酒よりもそういったもののほうが、正妃にはいいかもしれませんな。まだまだ子供というか、まるで少年のようなところがありましてね。時々、以前は男として生活していたのではないかと思うほどですよ」

バルアンは笑って言った。カリエは、また息が止まりそうになった。

周囲がしんと静まった。グラーシカとシャイハンさえも、話を中断してこちらを見ている。

しかしドミトリアスはまったく動じる様子はなく、微笑んで領いた。

「ああ、たしかに愛らしい中にも、凛《りん》とした空気をおもちですね。改めてこうして間近で拝見すると……どうも、はじめて会ったような気がいたしません」

カリエは驚いて顔をあげた。と同時に、グラーシカがふきだした。

「皇帝陛下、それではまるで口説いているようです」

「そうだな、失礼。いや、カザリナ殿、気を悪くしないでいただきたい。あなたのお耳にも入っているかもしれませんが、あなたは私の弟に実によく似ていらっしゃるのです」

カリエは茫然《ぼうぜん》とした。まさか、ドミトリアスのほうから言い出すとは思わなかった。いったい、何を考えているのだろう。彼女の混乱をよそに、ドミトリアスは懐かしそうに目を細めて言った。

「男に似ているというのも失礼な話かもしれませんが、アルゼウスは少女とみまがう愛らしい少年でしたよ。残念ながら現在は行方《ゆくえ》知れずとなっているのですが、私は一日たりとも彼のことを忘れたことはありません。常に、弟の幸福を祈っているのですよ。皇后も――」

ドミトリアスは、隣のグラーシカに目配せをした。グラーシカは微笑んでカリエを見つめる。華麗なドレスを纏《まと》い、薄く化粧を施《ほどこ》した彼女は、驚くほど美しかった。

「お会いできて光栄です、カザリナ正妃。おかげんはもうよろしいのですか？」

その丁寧《ていねい》な言葉遣いに、カリエはさらに仰天《ぎょうてん》した。さすがに他国の皇后ともなると、以前のように自由きままな態度というわけにはいかないのだろう。頼もしく思うと同時に、少し寂《さび》しくも感じた。

「はい、ご心配をおかけしました。神聖な式典の空気を乱してしまったこと、心よりお詫《わ》び申し上げます」

「お気になさらないでください。私もぜひ、もう一度あなたにお会いしたいと思っていたのです。お体を案じていたのはもちろんですが、あなたはほんとうによくアルゼウス皇子に似ていらっしゃる」

グラーシカまでもが、すすんでアルゼウスの名を口にする。ここに至ってようやくカリエは、彼らの思惑《おもわく》を理解した。

どうせどれほど繕《つくろ》ったところで、貴族たちの噂《うわさ》は止められない。それならば、下手《へた》に黙りこむよりも、自分たちからアルゼウスのことを話題に出したほうがいいだろう。そしてあくまで、「カザリナ」とルトヴィアは全く関係がないのだ、だからこそ平然とこうして話すことができるのだと、皇帝夫妻は訴えたかったのだ。それがわかったから、カリエものった。

「皇后陛下も、皇子をよくご存じなのですか?」

興味深そうに尋ねると、グラーシカは寂しげに微笑んで頷いた。しかし一瞬だけ瞳が輝いたのを、カリエは見逃さなかった。

「共有した時は長くはありませんでしたが、私はかけがえのない友人だと思っております。再び彼とまみえることを、心より楽しみにしておりました。失踪《しっそう》の報告を聞いた時は落胆しましたが、今でもアルゼウス皇子がいずこかで元気にしていらっしゃると、信じておりますよ。皇子は、強いお方でしたから」

カリエの心に、喜びがひろがる。やはり、思い切って出席してよかった。

「幸せな皇子ですね。きっとアルゼウス殿下も、いつまでもおふたりのことを慕《した》っていらっしゃるでしょう」

心から、彼女は言った。

「世の中には似ている人間が、三人いるといいます。そのうちのひとりがアルゼウス皇子であったというのは、私は大変幸福な人間なのですね。私は皇子のように高貴な家の生まれではございませんから、畏《おそ》れ多いことですけれど」

私は、アルゼウスとは全く関係ない。カリエは言外に、そう宣言した。

自分が真実を告げないかぎり、カザリナのことも影武者のことも、ただの推測の域をでない。エディアルドの剣も、ドミトリアスからもらいうけた地図や宝石の剣も、白《しら》をきればいい。仮にバルアンが、それらの品をドミトリアスに証拠としてつきつけたとしても、彼は知らぬ存ぜぬで通すだろう。だからカリエも、命がけで黙秘《もくひ》を続けるつもりだった。カリエとルトヴィアの関係が立証されなければ、バルアンにとって自分は、有効な駒《こま》ではなくなる。

決意を固め、カリエは沈んでいた気分が軽くなるのを感じた。全身に、力が満ちてくるようだ。

しかしそんな晴れやかな気分も、シャイハンが口を開いた途端に失《う》せてしまった。

「高貴な家柄ではない、などと。あなたは、ギウタ皇女の名前をお持ちではないですか」

彼の声に、再び空気が凍りついた。

人々の視線が、いっせいにシャイハンとカリエに突き刺さる。

「カザリナ・ユファトニー。ギウタ最後の皇女の名前です。まさか、これも偶然とおっしゃるわけではないでしょう？　そうそうある名前ではありませんから」

彼は流暢《りゅうちょう》なルトヴィア語で、ゆったりと言った。柔和《にゅうわ》な顔には、穏やかな笑みがある。しかしそこに隠された敵意は、鋭く深い。

カリエは一気に緊張し、膝《ひざ》の上で手を握った。

「はじめてお目にかかります、マヤラータ・カザリナ。弟は冷たいのでね、私はここに来るまで彼がマヤラータを娶《めと》ったことさえ知らなかったのですよ。お会いできて、実に嬉しい。私は、あなたが幼い頃を過ごされたヨギナを預かっているのです。昔からヨギナには憧《あこが》れておりましてね、ぜひお話をうかがいたいものです」

「ヤー・マヤル、それはあまりに無体《むたい》ではないですか」

バルアンが苦笑した。

「無体とは」

「妃は、幼い頃にヨギナを追われたのですよ。そしてあなたは今、そのヨギナの総督《そうとく》だ」

「それはわかるが、ならばおまえもカザリナ皇女にとっては、憎い仇《かたき》であることにかわりはない。そもそも、我々ギウタ総督府になんの報告もなく、勝手に皇女を探しだし、娶《めと》るとはなにごとか。それにカザリナ殿下」

シャイハンの目が、バルアンからカリエの面《おもて》に移される。

「私は以前より、ギウタ皇帝ゆかりの方は寛大《かんだい》に受け入れると呼びかけていたのですよ。なぜ今頃になってムザーソなどに？　理由がわかりません。これでは、あなたご自身の素姓に疑念をもたれても仕方がございませんよ」

「シャイハン王子、良いではありませんか。カザリナ殿はさきほどまで臥《ふ》せっておられたのですよ。あまりそのような——」

「いえ、陛下。失礼ですが、これは見過ごすわけにはまいりません」

たしなめたドミトリアスを、シャイハンは遮《さえぎ》った。

「カザリナ皇女といえば、ルトヴィアにも縁あさからぬお方。ルトヴィア宮廷が放置しておいてよいことではありますまい。ここでぜひ証を立ててもらわねば」

口調はあいかわらず優雅なものだったが、その目には言い逃れを許さぬ険しい光があった。

彼は、なんとしてもカザリナを偽者《にせもの》だと知らしめたいのだ。彼の立場を考えれば、当然のことだ。そしてこの場であえて、証を立てよと迫ってきたということは、彼にはカリエがカザリナではないと確信できる理由があるのだろう。

カリエとしても、自分はカザリナなど知らないと、同調したかった。そのほうが、ドミトリアスたちにとってもいいだろう。しかし、ここでそこまで口にしてしまっては、バルアンがどうでるかわからない。自分に直接害があるのならば、まだいい。しかし、ナイヤやエディアルドに害が及ぶようなことになったら。

そのとき、固く握った両手を包むぬくもりを感じた。見ると、バルアンがカリエの手を摑んでいた。カリエは視線をあげた。バルアンは、まっすぐシャイハンを見据《みす》えている。

「落ち着かれよ、ヤー・マヤル。皇帝夫妻の戴冠を祝う晩餐ではありませんか。そのような不粋《ぶすい》なことは…」

「戴冠というきわめて重要な日だからこそ。見よ、ここに座る者たちも皆、知りたがっている」

シャイハンは腕をあげ、同意を示すように広間を見渡した。声を出す者はなかったが、表情を見れば答えはわかる。

「バルアン、まさかとは思うが、証もなく妃にカザリナ皇女の名を名乗らせているのか？　だとしたらこれは、由々《ゆゆ》しき問題だぞ。おまえはエティカヤの名に泥を塗ったことになる。そなたとエティカヤの名誉のためにも、もったいぶらずに皇女である証拠を見せよ」

「では、兄上のいう証とは何ですか？　ギウタ皇室の王玉か宝剣でもあれば、納得されるのか。そんなもの、あるはずがないでしょう。ヨギナは我々が攻め入り、陥《お》としたのです。幼かった皇女が逃げ出すときに、何か持ち出せるとお思いですか」

「言い逃れを。そもそもあの包囲網を突破し、逃げられるはずなどないのだ。そうでないと言うならば、証拠を疾《はや》く見せよ」

「ですが兄上は、我《わ》がラハジルがユリ・スカナ王妃の勲章《くんしょう》を見せたときも、その気になればいくらでも偽造《ぎぞう》できると侮辱《ぶじょく》したではございませんか。物を見せたところで、はなから納得される気などないのでしょう」

「ふん、ならば――」

「いいかげんにせぬか、そなたら！」

とうとう、グラーシカが卓をたたいて立ち上がった。さきほどまでの繕《つくろ》った笑みは消え、怒りに燃える目でシャイハンとバルアンを睨みつける。

「この場をなんと心得る。ルトヴィア帝国皇帝戴冠を祝う場ぞ。兄弟喧嘩《げんか》ならば外でやるがよい！」

あまりの迫力に、シャイハンは呑《の》まれたようだった。しかしすぐに平静を取り戻し、苦笑した。

「皇后陛下の逆鱗《げきりん》に触れてしまいましたか……申し訳ございません。ですが陛下、ここにいる全《すべ》ての者が、カザリナ正妃の素姓について多大な疑念を抱いていることはご存じでしょう？これを放置すれば、いずれ大きな問題となりかねません。ルトヴィア皇室のためにも、正妃がギウタやルトヴィアとはなんの縁《ゆかり》もない他人だと証明できたほうが良いでしょう」

「おのれ、まだ言うか」

「とはいえさすがにこの場でこれ以上、弟と相争《あいあらそ》うのも気が引けます。ドミトリアス陛下、いかがでしょう、こののちに場所を移し、正妃を証人に引き合わせるということで」

ドミトリアスは眉をひそめた。

「証人?」

「私がヨギナより伴《ともな》ってまいりました者のなかに、十一年前かの街で、ギウタ側について戦った者がおります。ホルセーゼの傭兵隊《ようへいたい》におりましたので、皇帝ご夫妻やカザリナ皇女のお姿も何度かお近くで拝見したとか」

広間に、ざわめきが走った。

カリエは息を呑んだ。シャイハンの随従《ずいじゅう》で、かつてホルセーゼのもとで戦った経験がある者。思い当たる人物はひとりしかいない。

グラーシカも同じことを思ったらしく、目を見開いてシャイハンを見つめた。

「ホルセーゼの傭兵隊にいた? まさか……」

「はい、皇后陛下はよくご存じかと。現在はユリ・スカナで聖職についていらっしゃる、サルベーン殿です」

「あの野郎。いつのまに」

グラーシカは思わず乱暴に毒づいた。シャイハンや周辺の者たちが目を剝《む》いたので、慌てて「すまぬ」と言って席についた。

「しかしシャイハン王子、ヨギナの攻防戦といえばもう十一年前のことになる。カザリナ皇女は三、四歳。今の妃を見ても、判断できようか」

「たしかに確実にとは言いかねますが、さきほどサルベーン殿に尋ねたところ、たぶんわかるだろうと申しておりました。試してみる価値はあるのでは？」

　ドミトリアスは困惑顔で、バルアンを見た。

「バルアン王子はどう思われる？」

「ここで断るわけにはいかないでしょう。仕方ありません」

　苦笑するバルアンの横顔を、カリエは探るように見つめた。焦《あせ》っている様子はない。だが、そんなはずはないだろう。サルベーンは今まで、何度もカリエに会っている。しかし、彼がギウタのことをほのめかしたことは一度もなかった。もし彼が、カリエがカザリナだと確信していたのなら、それらしい反応はあったはずだ。

　やはり自分は、ギウタ皇女などではないということなのだ。

　ほっとして、体から力が抜けた。これでひとつ、バルアンに対する自分の利用価値が減ったのだ。サルベーンに断言されたなら、バルアンも諦《あきら》めるだろう。

　カリエはシャイハンに感謝したい気分だった。もう一度サルベーンに会えるとは思わなかったから、なおさらだ。シャイハンのほうを見ると目が合ったので、思わずにっこり微笑んだ。

「サルベーンが出てくるとはね」

　イーダルが、複雑そうな口調で言った。

「おいやなんですか？」

「いいえ、別にそういうわけではないのですが。実は今まで、サルベーンがロゴナ宮に来ていることも知らなかったので。そうか、シャイハン王子のところにねぇ。あいかわらず、いろいろやってるみたいで」

あきれたように、彼は笑った。

「イーダル殿下は、サルベーン…という僧侶《そうりよ》が、お嫌いなのですか?」

「いやいや。僕はたいへん彼が好きですよ。面白い人ですし、世話になりましたから。ただ彼が表に出てくるときは、たいてい……」

そこでイーダルはふと口を閉ざした。

「たいてい、なんです?」

「いや、まあ、この話はやめましょう。ところで今度ぜひ、正妃がエティカヤの服をお召しになったところも拝見したいんですが――」

イーダルはにこにこと当たり障《さわ》りのない話を続けた。露骨《ろこつ》に話をそらされてカリエはむっとしたものの、結局イーダルの話術にとりこまれてしまった。そして笑っているうちに、バルアンや皇帝夫妻、シャイハンまでもが、なにごともなかったような顔でなごやかに話を始めた。はじめにあれだけのことがありながら、晩餐は表面上は平和に終わった。やはり皆、だてに王族やってるわけではないのだと、カリエはしみじみ感心してしまった。自分はあそこまで、器用に表情を切り替えることはできない。

別室に移って食後酒や珈琲《コーヒー》がふるまわれているときも、カリエの隣にはイーダルがいた。

バルアンに「人の妻を公衆の面前で堂々と口説くとはいい度胸だ」とからかわれても、「でも僕のほうがお似合いだと思いませんか?」と平然と返せる度胸は、さすがだった。

しかし、一見なごやかな雰囲気《ふんいき》も、サルベーンが入って来た途端に一変した。

人々はぴたりと口を閉ざし、シャイハンとともに皇帝夫妻の前に進み出る客人を、じっと見つめている。

カリエはほとんどひとごとの気楽さで、彼らを見ていた。ただ、サルベーンがザカール人だということが露見《ろけん》しないか、それだけが不安だった。

挨拶を終えたサルベーンが、シャイハンに促され、こちらを向いた。そして驚いたように目を見開いた。なかなか役者だわ、とカリエは感心した。こちらも、嬉しさに緩《ゆる》む頬を必死に引き締めなければならない。面識があることを、周囲に悟られてはならなかった。バルアンも、はじめて会うような顔をして、サルベーンの挨拶を受けている。

「まだるっこしい挨拶は結構、サルベーン殿。兄がそなたを連れてきた目的は、我が妃がギウタの血をひいているか否《いな》か見極《みきわ》めるため。こちらもそれはわかっている。で、どうなのだ」

冷ややかにバルアンは言った。サルベーンは恐縮《きょうしゅく》した体《てい》で頭を下げた。

「はい。正妃は、エジュレナ皇妃に、たいへん似ておいでです。ただ、やはりそれだけで断定するわけにはまいりません」

「自分にはわかると、兄には言っていたそうではないか?」

「…正妃にいくつかお尋ねしても、よろしいでしょうか」

「かまわん」

カリエはぎょっとしてバルアンを見上げた。もしギウタについて尋ねられても、答えられることなど何もないのに。しかしバルアンは、冷たい横顔を見せているだけだった。

強い視線を感じ、カリエは再び前を向いた。サルベーンが、じっとカリエを見つめている。

カリエは頬に血がのぼるのを感じた。

しかし、それも最初のうちだけだった。サルベーンは、何も言わない。ただ無言で、カリエの目を見ている。

いつものように、微笑んでいるわけでもない。はじめて見る鋭いまなざしは、心の奥深くまで抉《えぐ》るようで、カリエは恐怖を覚えた。目をそらしたかったが、どういうわけか、視線を外すことができない。息まで苦しくなってきた。聞こえてくるのは、自分の心臓の音ばかり。そんな緊迫した時間が、どれほど続いたのだろう。サルベーンはやっと微笑み、言葉を発した。それは、ルトヴィア語でもエティカヤ語でもなかった。もっと柔らかい、不思議な響きをもつ言語。音楽のような、懐かしい――

頭の奥で、何かが弾《はじ》けたような衝撃がきた。目の前が一瞬、真っ白になる。知らぬうちに、カリエは答えを返していた。知らぬはずの美しい言葉が、勝手に口から流れていく。

途端、どよめきが起こったのを聞いた。そのときになってカリエは、自分が口にした言葉の意味をようやく知った。

『わたしは、カザリナ・ユファトニー・ギウティエ。カレオス九世の娘です』

そう言ったのだ。ギウタ語で。

サルベーンは再び微笑み、さらに言った。

『思い出されたのですね？』

今度はすんなりと意味がわかった。いったい、自分に何が起きているのかわからない。カリエは操《あやつ》られたように頷き、『はい、少しだけ』と答えた。不思議な感覚だった。自分の意志とはまったく関係のないところで、勝手に口が動いている。

『私のことは、覚えておいでですか？』

促す言葉。やわらかい声。黒い瞳。

サルベーンの姿が大きくぶれて、もっと精悍《せいかん》な顔つきをした若者が目の前に現れた。

いつのまにか、まわりの風景さえ変わっている。美しい内装を施《ほどこ》された宮殿の一室は、寝台がずらりと並ぶ質素な部屋に変わり、美しく着飾った人々は、包帯を巻いた兵士の群れに変わっていた。

その中で、ひとりの青年兵が、じっとこちらを見ている。寝台の上に半身を起こし、胸には包帯が巻かれていた。

『……ひどい怪我《けが》を…』

『そうです。はじめてお会いしたのは、病院でしたね』

やさしい声。きっと今サルベーンは、穏やかに微笑んでいることだろう。

しかし、あのときの彼は、違った。傷は深く、衰弱《すいじゃく》しているはずなのに、黒い瞳は鋭かった。見るからに気性が激しそうで、全身から透明な炎が立ちのぼっているようだった。

怖い。この人は、怖い。カリエはあとじさった。

『そのとき殿下は、エジュレナ様とご一緒に、我々負傷兵を見舞ってくださいましたね。はじめは、とても怯《おび》えていらした』

そうだ。あんなに怖い思いをしたのは、はじめてだった。

噎《む》せ返るような血の匂《にお》い。苦痛の呻《うめ》き声。汚れた人々。今まで、知らなかったものだ。しかし一番怖かったのは、サルベーンだ。お母様が読んでくださった物語に出てくる、真っ黒な虎《とら》の魔物が現れたのだと思った。

カリエは、母の後ろに隠れた。黒い虎は、もはや自分を見てはいなかった。彼はただ、カリエの母を食い入るように見つめていた。

母はゆっくりと膝をついた。そして、労《いたわ》るように、両手でサルベーンの手を取った。

『……おかあさまが……あなたの手を取った……』

カリエは自分の声が震えているのを聞いた。

怖い。おかあさまが、食べられてしまう。

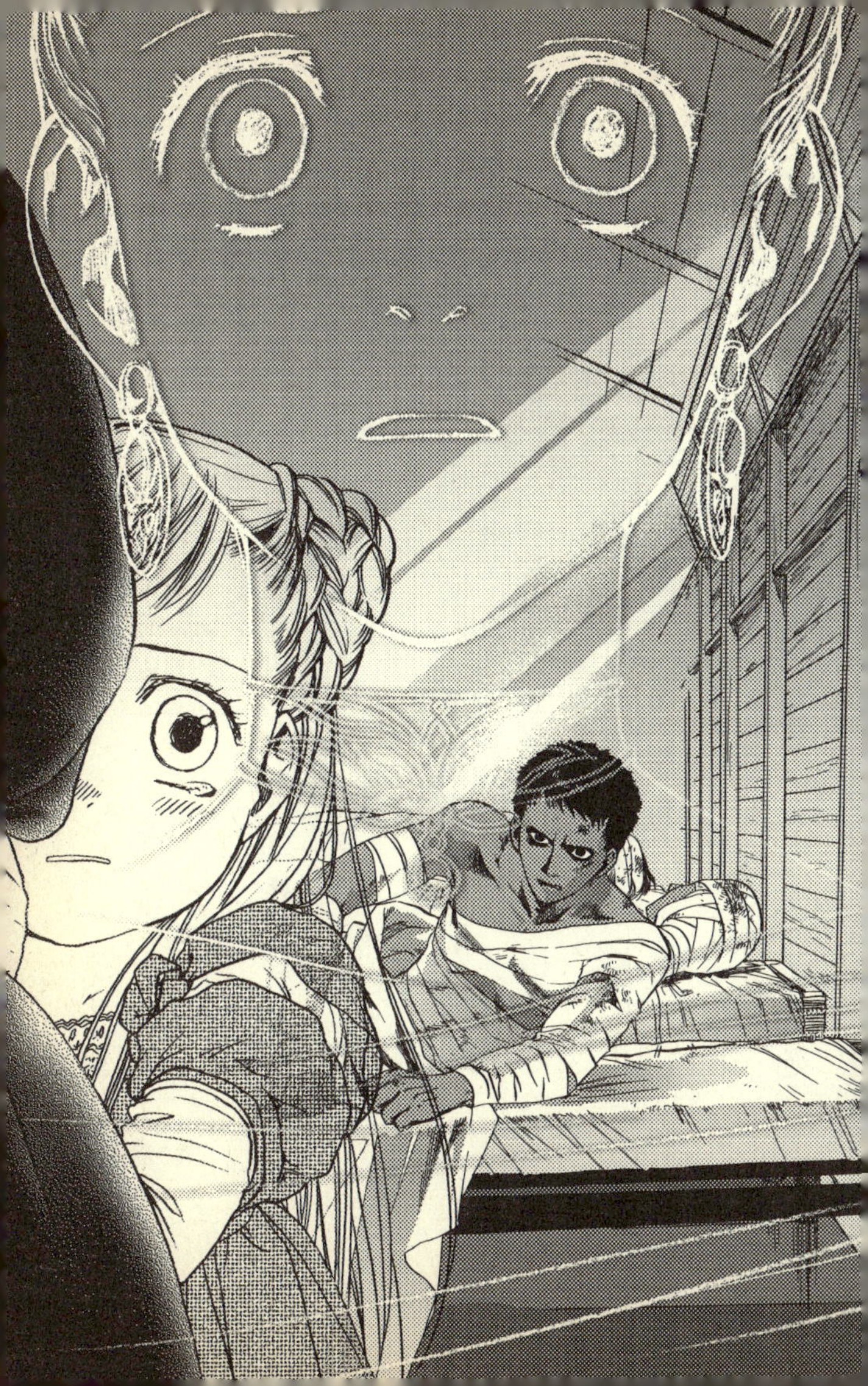

『そうです。エジュレナ皇妃は、私を労ってくださいました。そして、おやさしいねぎらいの言葉をかけてくださいました』

黒い虎は、母を食べはしなかった。

――ありがとうございます、勇気ある人よ。

母の言葉に、彼は大きく目を見開いた。そして――震え、唇を噛み、涙を零《こぼ》した。

その瞬間、彼は人間になった。カリエは驚き、恐怖は消えた。

こんなに大きくて強そうな人でも、泣いたりするのだ。包帯を巻いているから、とてもとても痛いのだろう。

ここにいる人はみな、この国を守るために戦って、怪我をしたのだと聞いた。カリエは彼が可哀相《かわいそう》になって、母の後ろから飛び出して――

『……泣かないで。泣いたら、すてきなものが逃げていってしまうから』

自分が泣くたびに母が口にすることを、カリエは真似した。

『そう、あなたはそうおっしゃって、私の涙を拭いてくださいましたね』

不思議だった。目の前にいるサルベーンは泣いているのに、聞こえてくる声はやさしいなんて。

『カザリナ殿下、こうして再びお会いすることができて、私は心から嬉しく思います。あなたをヨギナから逃がしたのは、いったい誰だったのですか？　あの包囲網を突破するとは素晴らしい力と勇気の持ち主です。同じくあなたのために戦った者として、感謝を捧げたいのですが』

『わたしを逃がした人…？』

『はい』

『…おぼえていません』

『いいえ、覚えていらっしゃるはずです。傭兵部隊の者でしたか？』

頭に再び、衝撃が来た。

光景が切り替わる。病室は、闇に塗り込められた。

どれほど目をこらしても、何も見えない。ただ、ひっきりなしに蹄の音がした。急に体が硬直し、息苦しさが増した。

何だろう。最近、同じような感覚に陥《おちい》ったことがあるような気がする。

そう、たしかこれは馬に乗っているのだ。武器の音と怒号が聞こえる。遠くなる。そして馬の速度が落ちて、やがて止まり、視界がひらける。

現れたのは、金色の——

「あぁ！」

先ほどとは比べものにならないほどの恐怖が、カリエを襲った。

あれは黒い虎などより、よほど恐ろしい獣だ。これ以上近寄るなと、闇に光る二つの光が警告する。

頭が真ん中から裂かれるような、凄まじい痛みが走った。

『カザリナ様!?』

驚愕《きょうがく》に揺れるサルベーンの声を聞いた。

それが最後だった。


小柄なカリエの体が、急激に傾いた。

人々のどよめきの中、淡い黄色のドレスに包まれた体は、黒い僧衣《そうい》の腕に抱き取られた。

「申し訳ございません。正妃にはひどいことをしてしまいました」

サルベーンは、バルアンに目を向けた。

「どうしたんだ?」

「今、ヨギナから皇女を連れ出した者について尋ねたのですが——やはり、ご両親と故郷を失った戦闘に通じている記憶ですから、非常に辛《つら》いのでしょう。気を失われました」

「ほう…」

バルアンは二人に近づき、カリエの顔を見下ろした。

「本当に気絶しているようだな。さっきといい、よく気を失うやつだ。ルトヴィアのご婦人がたも、何かと気を失われるそうだが、負けていないな」

妻の身を心配しているというよりも、面白がっている口調だった。サルベーンは真面目《まじめ》な表情を崩さず、今度はドミトリアスに向き直った。

「これでおわかりになったと思います。正妃は、ギウタ皇女カザリナ殿下に相違《そうい》ないと存じます」

周囲はしんとなった。皆、彼の腕で眠る少女を見つめている。

「私が話したのも、正妃が口にされたのも、現ギウタ語です。ルトヴィアの貴族階級が教養として学ぶ、詩作用の多少古いギウタ語とは明らかに違います。聞いている皆様もおわかりになったとは思いますが……。なにより正妃は、皇女と私、そしてエジュレナ殿下しか知らぬはずのことをご存じでした。私には、疑う余地はありません」

サルベーンはきっぱりと言った。人々は困惑の体で互いに顔を見合わせている。その中で、シャイハンが青ざめた顔で進み出た。

「サルベーン殿、あなたはさきほど私に、エティカヤの包囲網を突破して皇女が逃げ出すなど不可能だと断言されたはずでは。実際に戦ったからこそわかると、おっしゃったではありませんか」

「私も正妃にお会いするまでは、そう思っておりました。ですが、神は奇跡を起こされたようです」

サルベーンは、愛《いと》おしむようにカリエを見下ろした。

「バルアン王子、どうも失礼いたしました。そのお方は神の賜物《たまもの》でございます。慈《いつく》しまれますよう」

カリエをバルアンに託すと、サルベーンは皇帝夫妻の前に跪《ひざまず》いた。

「奇跡の顕現《けんげん》と、再会の喜びを同時に得た、素晴らしい夜でした。戴冠式の夜にこの奇跡を賜《たまわ》れるとは、タイアス大神が陛下を祝福されている何よりの証でございます」

ドミトリアスは茫然とした顔のまま、頷いた。衝撃が深く、サルベーンの言葉もろくに耳に入っていない様子だった。

使命を果たしたサルベーンはすぐに退出し、続いてバルアンも失神した妃を抱いて退出した。途端に広間は、蜂《はち》の巣《す》をつついたような騒ぎとなった。

「凄《すご》いですね。ここまで聞こえてきますよ」

控えの間で主《あるじ》を待っていたコルドは、苦笑した。バルアンも黙って肩をすくめ、二人は連れだって廊下《ろうか》に出た。控えの間にひしめいていた貴族の従者たちの視線が、背中に痛いほどだった。

「サルベーン殿のお声はよく響くので、ぜんぶ聞こえましたよ。カイくん、また気絶しちゃったんですね」

「いいところで倒れてくれた。あのまま広間にいては、ぼろが出るかもしれんからな」

「一日にマヤルに二回も抱いて運んでもらえるとは、カイくんも幸せですねぇ」

コルドは、バルアンの腕の中で暢気に眠っているカリエをのぞきこんだ。

「もっとも、本人は後で知ったら怒り狂いそうですが。お疲れでしょう、私がかわりましょうか？」

「いや、いい。サルベーンにも、これは神の賜物だから慈《いつく》しめと言われたしな」

「おや、あなたが僧侶の言うことを素直に聞くとは」

「……まあ、こいつは予想以上に役に立ってくれたからな」

カリエを見つめるバルアンの表情は、珍しく真面目なものだった。畏敬《いけい》の念らしきものさえ感じられ、コルドは少なからず驚いた。つきあいの長い彼でも、主のこうした表情を見たのは、数えるほどしかない。

部屋に戻り、カリエを侍女たちに託すと、ちょうどサルベーンがやって来た。居間に通し、椅子をすすめたが、彼は首をふって辞退した。

「あまり長居はできません。あの様子では、シャイハン様もすぐに部屋に戻られるでしょうから」

「そうだな。ごくろうだった。面倒な役を押しつけて悪かったな」

ビアンの侍女が酒と菓子を捧げてやって来る。バルアンは手をふって下がらせた。

「いいえ。もとはと言えば、私が願い出たことでございますし」

「それはそうとサルベーン殿、あれはいったいどういう術ですか？　カイくんに、ギウタ語で喋《しゃべ》らせるとは。自在に人を操るとは、ザカール人はなんとも恐ろしい力をおもちのようで」

コルドが皮肉っぽく尋ねると、サルベーンは苦笑した。

「操るなど。私にはそんな力はございません。あれは、もともとマヤラータの中にある記憶ですよ。私は引き出すお手伝いをしただけですから」

「あの子に、ギウタの記憶などあるようには見えなかったですがね」

「記憶というものは、忘れたと思っていても消えるわけではありません。眠っているだけなのです。そこを少々、揺り動かしただけでございます」

「……だけ、ねぇ。充分恐ろしいと思いますが」

コルドはちらりとバルアンを見た。彼は、難しい顔をしてなにやら考え込んでいる。

「カザリナ様の記憶の中に私の存在があったから、可能だったのですよ。誰に対しても、こんなことができるわけではございません。それに引き出したと言っても、一時的なものですから、今はもう簡単なギウタ語さえ喋《しゃべ》れぬはずです」

「ふむ、不思議なものですね。そのうち記憶が完全に戻ることはあるんですか?」

「それはどうでしょう。私の推測が正しければ、おそらく皇女は、ギウタでの記憶を忘れるよう強力な暗示を受けています。おそらく、かけた本人にしかそれは解けないと思われます」

それまで黙って二人のやりとりを聞いていたバルアンは、ようやく口を開いた。

「記憶が戻るにしろ戻らんにしろ、とにかくカイがカザリナ皇女だというのは、間違いないわけだな」

「はい」

「改めて聞くと、妙な気分だ。コルドが、あれをカザリナ皇女に仕立て上げてはどうだろうと言い出したときには、面白いとは思ったが……まさか本物とはな」

　コルドも苦笑した。

「私もはじめは冗談半分で言っていたんですよ。年齢もちょうどあうことだし、あれだけアルゼウス皇子に似ているのならありえぬことではないでしょう。せっかくだから、カザリナ皇女のお名前も利用させていただこうと思っていただけなんですが」

　しかしカザリナの名前を下手《へた》に出せば、シャイハンが証拠をと騒ぐのは目に見えている。そうなるとまずいので、結局は適当な名前を使うことに決めた。バルアン側にしてみれば、アルゼウスそっくりの「少女」が、ドミトリアスからの贈り物を身につけて、皆の前に現れるというだけで充分だったのだ。

　一度はとりやめたカザリナの名前を、公表するように進言したのは、サルベーンだった。バルアンがこのロゴナ宮に入った翌日、彼はさっそく接触を求めてきた。そして、自分はあの娘がカザリナだという証拠を揃えることができる、だから安心してカザリナの名を出してほしいと言った。

　当然コルドは、サルベーンの言葉を信用しようとはしなかった。彼は、シャイハン側の人間だ。しかしバルアンが、ほんの少し考えただけで、サルベーンの言を容《い》れてしまったのだ。もし成功すれば、ルトヴィアへの圧力は倍になる。さらに、シャイハンへの効果も絶大だ。彼はまだマヤラータを迎えてはいない。常に見下していた弟が、よりにもよってギウタとルトヴィア縁の娘を娶ったと知ったら、さぞかし慌てることだろう。なにしろ彼が統治しているのは、カザリナが正統後継者の資格をもつギウタの首都ヨギナなのだ。

サルベーンは、コルドの不安をよそに、立派に役目を果たした。しかし、コルドはどうも釈《しゃく》然《ぜん》としなかった。むしろ、自分はとんでもない男を味方に引き入れてしまったのではないかという不安がよぎる。

「結果的にうまくいったので文句をつける気はありませんが……やはり、どうもすっきりしませんね。サルベーン殿、あなたの目的はいったい何です?」

「先日お話しした通りです。これは、神の示された奇跡です。奇跡は、人に示さねばなりません」

「あなたの言う神とはタイアスですか、それともザカリアですか?」

「私はタイアスに仕《つか》える身でございます」

「表向きはね。でも本当にそうですか? あなたは追放中とはいえ、ユリ・スカナの僧侶。いや、追放中という立場を利用して、実はユリ・スカナ女王の目となり各地を放浪しているのだとも聞きました。あなたが以前、我々やマヤル・シャイハンと接触したのもその一環《いっかん》だろうと、私は思っていましたよ。しかしそうすると、どうしてもわからない。カイ君がカザリナ皇女と証明することは、ルトヴィアの混乱の一因となります。ルトヴィアとの和平を願う女王の方針に反するのでは？」

「そうかもしれません。ですが私は、何度も申し上げているように、まず神に仕える身でございます。神の奇跡があるなら、それを人々に示さねばなりません」

「ほう、そのためには恩ある者に仇成《あだな》すことになってもかまわんとおっしゃるのですな。女王しかり、マヤル・シャイハンしかり」

「もうよかろう、コルド。サルベーンも困っている」

次第に語気が荒くなるコルドを、バルアンがたしなめた。しかしコルドはおさまるどころか、ますます眦《まなじり》をつりあげる。

「よくありません。マヤル、私はどうも彼が信用できません。ここで徹底的に追及しておかなければ」

「サルベーンは、兄貴の不興《ふきょう》を買うのを承知でおれに力を貸してくれた。それでいいではないか。彼には彼の目的がある。その過程でたまたまおれたちと利害が一致した、だから今はおれたちに有利に動いた、それだけだろう」

「それはわかっていますが」

コルドは腹が立って仕方がなかった。バルアンの言葉はしごくもっともで、むしろいつも自分のほうがバルアンに言っていることだ。しかし、怒りは止まらない。自分でもなぜなのかよくわからなかった。

「それよりも、これからおまえはどうするんだ、サルベーン。あんなことがあっては、兄貴の所にはいづらかろう。おれのところに来るか?」

コルドの怒りをよそに、バルアンはのんびりと言った。

「お言葉はたいへんありがたいのですが」

サルベーンは目を伏せ、首をふる。コルドはほっとした。ここでサルベーンが頷きでもしたら、けっとばしていたかもしれない。

「マヤル・シャイハンは私が第一に神意を尊重することを、よくご存じです。今回のことはご不快にお思いでしょうが、仕方のないこととして受け止めてくださるでしょう」

「ではやはりヨギナに戻ると?」

「はい。今回の件でマヤル・シャイハンも、あなたが自分を追い落とそうとしていらっしゃることをお気づきになったはずです。今までは、マヤライ・ヤガにはなりたくないと消極的でしたが、弟君が本気とわかれば、命がかかってまいりますから、すぐに対策を錬《ね》られることでしょう」

「で、今度は我々をいかに追い落とすか、マヤル・シャイハンと話し合われるわけですか」

「そうです」

コルドの皮肉を、サルベーンはあっさりと肯定した。

「そして、ヨギナの動きについてそちらにご報告いたします」

「それはありがたい――と言うと思いますか？　サルベーン殿、今回協力していただいたのはありがたいが、それだけで、ヨギナにいるあなたを全面的に信用しろとおっしゃるか。そもそもあなたは以前、ヨギナとムザーソの両方を訪れ、結局ヨギナを選ばれたわけでしょう。それで今さらこちらに力添えするというのは、どういった理由からですか」

「何度も申し上げている通り、神意だからです」

サルベーンは、きっぱりと言った。

「あなたの神は、マヤル・バルアンを選ばれたというわけですか」

「そうです」

「では、あなたの力添えなど必要ないのでは？　神意ならば、放っておいても、マヤルは目的を達成される」

「それは危険な考えです、コルド様。神が望まれても、人が動かなければ、何も変わりません。むしろ神の怒りを買い、大きな罰を下されることでしょう。神の恩寵《おんちょう》というのは、実は恐ろしいものなのですよ。望むと望まずとにかかわらず使命は与えられ、それをまっとうしなければ、破滅するのみ。我々は勝手に選ばれ、そして選ばれてしまった以上は、がむしゃらに使命を果たさねばならぬのです」

「もっともだ」

バルアンが同意した。

「それにコルドよ、たとえサルベーンの仕える神がおれを選んだとしても、我々のオル神は兄貴を望んでいるかもしれんぞ。おれたちは結局、生き残るためにがむしゃらにならざるを得ない」

彼はにやりと笑い、サルベーンに向き直る。

「そのためにそなたの力は必要なようだ、サルベーンどの。これからもよろしく頼む。次に顔を会わせるのはいつになるかわからんが——そうだな、おれがヨギナ入城を果たしたときか」

「その日をお待ちしております」

サルベーンは微笑み、「もうひとつお尋ねしたいことがあるのですが」と言った。

「なんだ」

「近いうちに、トルハーンにお会いになると思うのですが…」

コルドはぎょっとしてバルアンを見た。彼も、それまでの笑みをおさめ、警戒の色を浮かべた。トルハーンに関しては、サルベーンにまだ何も言っていない。

「なぜそう思う」

「先日ヨギナの港で、トルハーンと話をしました。そのとき彼は、マヤル・バルアンには命を助けてもらった恩があるので、絶体絶命となれば一度だけ、何をおいてもお助けすると申しておりました。しかしまだ何も言われていないから時期ではないのだろうと。私には、その時期が近づいているように思えましたので」

「…なるほど」

肯定も否定もせず、バルアンはただ小さく笑った。

「そういえばあいつもザカールの血をもっていたか。それで？　もしおれがトルハーンと会ったら何か困ることとでも？」

「いいえ。ただ、伝言をお願いしたいのです」

「ほう」

「ざまあみろ、と」

コルドとバルアンは、思わず顔を見合わせた。

「…ざまあみろ？」

「せいぜい神にこき使われるがいいと思いまして」

二人はますますあっけにとられた。さっぱりわけがわからない。

「よろしくお願いいたします。それでは私は、これで」

サルベーンは微笑み、丁寧《ていねい》に礼をすると、退出していった。

「……なんだったんですかね、あれは」

コルドは首を傾《かし》げ、手をたたいた。すぐに侍女たちが、酒と菓子をもって来る。酒瓶《さかびん》と杯を受け取ると、コルドは彼女たちを下がらせた。長椅子にだらしなく寝そべっているバルアンに杯《さかずき》を渡し、酒を注いでやる。本当はカリエの仕事だが、彼女は奥の寝室で眠っているので仕方がない。

「まさか、トルハーンの名前がでてくるとは思いませんでした。二人が知己《ちき》というのは初耳です。マヤルはご存じでしたか?」

「いや。しかしあのぶんでは、おれがトルハーンに何をさせるかということまで、おおむね察しているようだな。まだトルハーンにさえ何も言っていないのに」

「いいんですか? トルハーンは、ヨギナにもよく立ち寄るのですよ。我々の計画が、サルベーンから漏《も》れたら、彼も動きがとれなくなる可能性があります」

「心配するな。漏らすようなことはせんよ、あれは」

妙に確信に満ちた言い方に、コルドはかちんときた。

「根拠はなんです。サルベーンは、協力すると言っておきながら、こちらの旗色《はたいろ》が悪くなったら、さっさとあなたを兄上に売りかねませんよ。あれは根っからの蝙蝠《こうもり》です」

「まあ、裏切られたらそのときだ。それもまた神意だろう」

「なにが神意ですか! あなたまさか、サルベーンの言う神の奇跡とやらを真《ま》に受けているんですか?」

「受けているぞ」

コルドは絶句した。

「そういうこともあるだろう」

「……信じられません。正気ですか」

「正気だとも。まあおまえは、神も宗教も、人が便宜上《べんぎじょう》つくりあげたものにすぎないというやつだからな」

バルアンは笑って、酒を一気に呷《あお》った。

突然、コルドは主を非常に遠く感じた。それは、寂しさと苛立ちを伴うものだった。前にも、こんな思いにとらわれたことがある。あれは、バルアンがテニヤの総督《そうとく》になって間もない頃だ。バルアンにつきあわされて、ムザーソの方角にむかって旅をしていたときのことだったと思う。

次第に緑が少なくなり、砂蚊《すなか》の数も多くなった頃、彼らはひとりの男に会った。羊《ひつじ》の衣《ころも》一枚を纏《まと》い、腰に革の水入れと盥《たらい》をぶらさげただけの姿で、彷徨《さまよ》っていた。生きていることさえ不思議なほど痩《や》せこけたその男は、コルドらを見ると、すかさずアーキマの一節を唱えた。その唱えた箇所で、彼がオル教の中でもとくに厳格で神秘主義的な傾向をもつ一派に属していることを知った。

オル教は、この世はオルの夢であるから、オルの願う秩序《ちつじょ》通りの夢を紡《つむ》ぎ、オルの心を安らげなければならないと説いている。つまり、オルが望む大きな秩序に反さぬかぎりは個人の自由もある程度は認められており、欲望にも寛大だ。

しかしどこにでも例外はいるもので、ある一派は、人としての全ての欲望を克服《こくふく》し、清らかな存在となることで、死後オルの夢であるこの世界から抜けだし、オルと同化できると信じていた。

死んだ後でどうなろうと関係ない、オルと同化して何が嬉しいのだとコルドは思うし、バルアンもそう言っていた。しかしその日、一派の修行者をはじめて見たバルアンは、馬鹿にするどころか、大きく目を見開いていた。そして教えを乞《こ》いたいと願い出た。修行者は断ったが、バルアンは食い下がり、結局夜を徹して語り合った。コルドはしばらく起きていたが、朝になっても終わる気配がないので、たまらず寝てしまった。起こされたのは夕方で、もうあの男はいなくなっていた。

それからテニヤの宮殿に帰るまで、バルアンの様子はおかしかった。口数が少なくなり、風を感じて目を細めている姿などは、あの修行者が乗り移ったのかと思うほどだった。コルドは、主がこのまま修行に入ると言い出すのではないかと不安になった。しかしバルアンは、ただ黙々とテニヤの方角を目指していた。

ある朝、コルドは朗々《ろうろう》と響くアーキマに起こされた。眠い目を擦《こす》りながら起きあがると、バルアンがアーキマを唱えていた。乾いた空気を潤《うるお》し、染《し》みわたる声は感動に溢《あふ》れ、朝日を受けたその顔は、深い畏敬《いけい》の念に満たされていた。彼の視線を追ったコルドは、あっと短い声をあげた。

地平線の彼方《かなた》、朝焼けに潤《うる》む空に、美しい三角錐《すい》を描く白い山が見えた。

聖山オラエン・ヤム。オルが住む至高界へと通じる扉。

首都リトラからは常に望むことができたが、テニヤに来てからは、よほど天候に恵まれた時でなければ見ることができない、神の山だ。

久しぶりに見るオラエン・ヤムは、実に美しかった。コルドも見惚《みほ》れたが、その感動がバルアンのものとは全く異質なものであることはわかっていた。

コルドは、ただ単純に、美しいと思った。彼にとっては、美しい自然も、美しい宮殿も、美しい女もみな同じだ。

しかし今のバルアンの精神は、コルドの知らぬ高みにまで高揚《こうよう》し、解き放たれていた。目の前にいるのは、コルドの知る彼ではなかった。

普段から、はかれぬところがある主だが、その気まぐれさえも誰よりも理解できるとコルドは自負していた。バルアンは、誰に対しても膝《ひざ》を折らない。神に対してもそうだと思っていた。しかし、ちがう。コルドはオルに限らず、神の存在などまるで信じていなかったが、バルアンは神を信じている。いや、信じているというよりも、「感じている」。そして今、あきらかに彼は、神を見ていた。

その後テニヤの宮殿に戻ったバルアンは、すぐに元の怠惰《たいだ》な生活に戻り、礼拝や導師《どうし》との対話もただ義務的にこなすだけだった。一見、以前となにも変わらない。しかしコルドは、すぐに主の変化を知ることとなった。

——おれは、必ずオラエン・ヤムに登る。

ある日、バルアンはコルドの前でつぶやいた。

オラエン・ヤムに登る。

それは、エティカヤの民にとっては、非常に重要な意味をもつ。

オルの住む世界への扉である聖山は、普段は人が立ち入ることはできない。山を守る使命を与えられた導師たちだけが住まう、聖域だ。

そこに下界の人間が踏み入ることができるのは、血で血を洗う過酷な競争を勝ち抜き、大族長となった者が、オルの審判を受ける時だけだ。無数の戦士の長《おさ》となる資格を得た男は、天をも突くオラエン・ヤムを登り、長として相応しい存在であるか否《いな》かオルの審判を受けるという。

そして認められた者だけが、導師の祝福を受け、下山することができる。オルに拒絶されたものは、頂上に辿《たど》り着く前に、オルの怒りに触れて死ぬという。実際今までにも、オラエン・ヤムに足を踏み入れて、そのまま帰ってこなかった者は少なくない。

このオルの審判を受け、認められてはじめて、エティカヤの戦士の王と認められる。

つまり、マヤライ・ヤガになるには、骨肉の争いに勝ち抜くだけではなく、オラエン・ヤムに登らねばならないのだ。

バルアンの父も、もちろんオルの審判を受けた。そしてバルアンも、そうしたいと言う。コルドは驚き、喜んだ。なにしろ今までは、コルドがどれほど焚《た》き付けても、のらりくらりとかわしてばかりいたのだ。兄やその鬼母に殺されるのはごめんだが、マヤライ・ヤガになどなるのは面倒くさいとぼやき、隙《すき》を見て海に逃げたいと言い出す始末だった。

その彼がようやく、王座への野望を抱きはじめた。喜んだコルドは、心境の変化を起こすに至った理由を尋ねた。

バルアンは、至極《しごく》まじめな顔で答えた。

神意だから、と。

コルドは主がとうとうおかしくなったのかと思った。しかし、きっぱりと言い切ったバルアンの目は、静かで深い色を湛《たた》えていた。

その目に見据えられたとき、コルドは直感的に理解した。バルアンには、本当に神が感じられるのだろう。神をもつということは、こんなにも確固たる自信を与えられるのだ。どれほど他人が言葉を尽くしても動かせぬものを、彼の中に存在する神はいとも簡単に、劇的に変えてしまう。そしてその感動を、神をもたぬ自分は、永久に知ることができないのだ。

「おい、杯が空《から》なんだが」

バルアンの声に、回想に耽《ふけ》っていたコルドは我に返った。見ると、目の前に空の杯が突き出されている。

「失礼いたしました」

コルドは慌てて酒を注ぐ。しかしバルアンは、満たされた杯を、なかなか口に運ぼうとしなかった。

「なにを拗《す》ねている?」

「…拗ねてなどおりません」

「おまえがそう言うときは、大拗ねの状態だな。なんだか知らんが、まあ飲め」

バルアンは、なみなみと酒が注がれた杯をコルドに渡した。コルドはため息をつき、一息に飲み干した。

3

新ゼカロ北公ウフィードは、自室にひきあげてきたとき、憔悴《しょうすい》しきっていた。

まったく、さんざんな日だった。新帝の戴冠《たいかん》式という重要な式典で、まさかこんなに恐ろしいことが起こるとは思わなかった。

マヤル・シャイハンとその正妃《せいひ》カザリナ。

この二人のせいだ。

いや、もとをただせば、自分の伯父《おじ》である前北公と、従姉《いとこ》にあたるフリアナ前皇妃のせいなのだ。あの二人が、歪《ゆが》んだ野心のために、アルゼウスの影武者《かげむしゃ》をたてようなどと思いつきさえしなければ。

半年ほど前、伯父が急に帰国し、隠居《いんきょ》を宣言したときには、ウフィードは手をたたいて喜んだものだった。これでやっと自分の時代が来る。急いで上京の準備にとりかかったが、伯父に呼ばれ、隠居に至る過程を聞いた途端、あおざめた。

『ドミトリアス皇子は、すべてご存じだ。だが、これ以上だれにも、この秘密を知られてはならない。決して、皇子に逆らってはならない。何があっても、この秘密を守り通すのだ』

そう言って伯父は、皇子の命令によりユリ・スカナ女王から受け取ってきた親書《しんしょ》を託《たく》した。

伯父はそれから、人前に姿を現すことはなくなった。アルゼウスの死とともに気が触れてしまったフリアナともども、ただ肉体が死を迎えるまでの時間を、漫然《まんぜん》と過ごす身分になった。

ウフィードは不安に苛《さいな》まれながら、タイアークへと向かった。彼を迎えたドミトリアス皇子は、女王の親書を届けた労をねぎらい、歓迎してくれた。アルゼウスに関しては何も口にしなかったが、それがよけいに恐ろしかった。西公は西公で、ドミトリアスに与《くみ》する行動をしたゼカロを責め、これからは四公の結束を乱すようなことは許さないと釘《くぎ》をさしてきた。

皇子と西公は毎日のように衝突《しょうとつ》し、ウフィードは皇子の無言の圧力と西公のあからさまな圧力に挟《はさ》まれ、消耗《しょうもう》していった。

そしてとうとう今日、最悪の事態が起こってしまった。

戴冠式の後、北公は他の三公に詰め寄られた。そのときはドミトリアスが冷静にたしなめてくれたのでおさまったが、晩餐《ばんさん》の後の事件は、さすがの皇帝も茫然《ぼうぜん》としていた。大騒ぎになった貴族たちを皇帝は一喝《いっかつ》し、よけいな詮索《せんさく》を避けるためにウフィードに退室を命じた。

逃げるように広間を出て、自室の扉を開けた時、ウフィードはようやく息をつくことができた。とにかく今は、強い酒でも呷《あお》って、一刻もはやく眠りたかった。これ以上は、何も考えられそうにない。

しかし、疲労の極致にある彼に、側近は申し訳なさそうに言った。

「実はさきほどから、お客様がお待ちで…」

「客だと？　馬鹿か、なぜこんな時に通すのだ！」

怒りのまま怒鳴りつけると、相手は首をすくめた。

「も、申し訳ございません。ですが、あの……」

「もうよい」

言い訳を冷たく遮《さえぎ》って、ウフィードは客間に向かった。誰だか知らないが、そんな非常識な客には、さっさと帰ってもらうつもりだった。

しかしその強気も、扉を開くまでのことだった。

「おかえりなさいませ、ゼカロ公」

客人は、椅子《いす》から立ち上がりもせずに言った。

女王のような悠然《ゆうぜん》とした態度。バルアンの貴妃《きひ》、ビアンだった。

「これは……ビアンどの。いったい……」

「晩餐はいかがでございましたか？　面白い余興《よきょう》があったことと思いますが、どうやらゼカロ公には少々刺激が強かったようですわね」

ウフィードは、さっと青ざめた。

「そうお構えにならずとも。まずはお座りになったら？　用事はすぐに済みます、ちょっとしたお願いをきいていただければ」

「お願い……？」

「私を、ゼカロ北公国に住まわせていただきたいんですの」

ウフィードは目を剝《む》いた。

「なんですと？」

「私と、侍女《じじょ》十余名、あとインダリから連れてきた馬を十頭。たいした数ではございませんわ。戴冠式に出席されるために、ゼカロからも貴族たちが大勢来ているでしょう？　彼らが帰る時に、一緒に私たちも連れて行ってほしいのです。もちろん、皇帝や他の公国の者たちには気取《けど》られぬように」

「冗談ではない。なぜそんなことをしなければならないのだ！」

声を荒らげると、ビアンは不思議そうに首を傾《かし》げた。

「あら、あなたはもうマヤル・バルアンの同盟者ではございませんか。これはマヤルのご意志でもありますのよ」

「同盟者？　ばかな！」

「ちがうとおっしゃいますか。私たちは、あなたが身内だと思うからこそ、正妃がルトヴィアにいらしたころあなた方に何をされたか、決定的なことは口を噤《つぐ》んでいるんですのよ？」

ビアンの赤い唇《くちびる》が、挑発《ちょうはつ》の笑《え》みを描く。北公は黙るしかなかった。

「そう深刻に考えないでくださいな。なにも私も、ゼカロに永住しようというのではありませんわ。最低でも一年、長くなれば十年。これはマヤル次第ですが」

「……それで、我が国で何をされるおつもりなのです」

「ムザーソも悪くないのですが、やはりゼカロのほうが地理的にユリ・スカナ本国とは連絡が取りやすく、何かと都合が良いのです。それと、私は、微々《びび》たるものですけれど自分の部隊をもっております。けれどムザーソでは、充分な訓練も装備もできなくて」

「ルトヴィアは、女性の武装など認めておりませんぞ」

「あら、でも皇后《こうごう》はご自分の親衛隊を引きつれてきたではございませんか。この宮殿でも、軍装の婦人を何人も目にしましたわ。皇后陛下《へいか》の新しい試みにならってみるのも、良いのではありませんか？」

良いものか、とウフィードは胸の内で吐き捨てた。

ビアンの――いや、バルアンの目的は明白だ。ゼカロの軍事力を利用したいだけ。四公国の中で、もっとも強大な陸軍をもっているのは、ユリ・スカナと最も近く、それゆえ交戦の機会が多かったゼカロ北公国なのだ。

「そんな渋《しぶ》い顔をなさらないでくださいな。私も、辛《つら》いのですよ。インダリの宮殿に可愛《かわい》い盛りの娘を置いて、ゼカロに赴《おもむ》かねばならないのですから」

いかにも辛そうに、ビアンはため息をついた。

「姫君は、人質というわけですか」

「そうです。ですから私は、何があってもゼカロに行かねばなりません。そしていずれ必ず、マヤルのもとに帰るのです。あなたも、私を受け入れねばなりません。破滅したくないのなら」

ビアンは傲然《ごうぜん》と言い放った。

破滅したくないのなら。ウフィードは、雷《かみなり》にうたれたような衝撃を受け、そのまま長椅子に崩れ落ちた。

なぜ自分ばかり、こんな目に遭《あ》わなければならないのか。

皇帝と西公の板挟《いたばさ》みに苦しんでいたと思ったら、今度はルトヴィアとバルアンの板挟みだ。

「……私はいったい、どうすれば……」

ウフィードは頭を抱《かか》えた。心底、伯父とフリアナが恨《うら》めしかった。

混乱にたたき落とされた彼を、甘い香りがふわりと包む。はっとして顔をあげると、いつのまにかビアンが足下に座っていた。

彼女はウフィードを見上げ、微笑んだ。今までの、どこか見下したような笑顔ではない。甘い、誘惑の表情だ。

「あまり難しく考える必要はございませんわ、ゼカロ公。単に、お互いうまく利用しあえば、お互い幸せになれるというだけのことです」

「……そううまくいけばいいですがね。今のところ、失うものばかりですが」

「大きな幸福を得ようと思えば、多少の犠牲《ぎせい》はでるものです。私だって、いろいろと失ってまいりましたわ。ですから、お気持ちはわかります」

ビアンの手が、ウフィードの膝《ひざ》にかけられた。

「ねえ、私たち、なかなか良いパートナーになれると思いませんこと？」

炎の貴妃は、顔を寄せて囁《ささや》いた。その艶《なま》めかしさに、ウフィードは一瞬、敵意を忘れた。

舞踏《ぶとう》会で皇后を弾劾《だんがい》していた彼女は、烈火《れっか》の炎を思わせる激しさで、ただひたすら恐ろしかった。

しかし今の彼女は、艶《あで》やかな真紅《しんく》の花のようだった。そのかぐわしい香りに、ウフィードの頭は次第に麻痺《まひ》していった。

第十四章　後宮動乱

1

陽光が、針《はり》のように降り注ぐ。東に進むにつれ風は赤みを帯《お》び、そのむこうに、奇岩の影が陽炎《かげろう》のように揺《ゆ》らめいている。

「はあ、なんかこの感じ、すごい久しぶり」

肌を刺す陽光と砂に、カリエはつい声をもらした。斜め前を進むバルアンが振り返る。

「懐かしいか」

「いえ、べつに」

そっけなく答えたカリエに、バルアンは「正直だな」と笑って再び前を向いた。

このムザーソを発《た》って、約二月《ふたつき》。バルアンの一行はようやく、この地に戻ってきた。

岩砂漠を歩く人や馬の足音を聞きながら、カリエは心が妙《みょう》に落ち着くのを感じていた。懐かしいわけではない。とりあえずムザーソにいるかぎりは、ルトヴィアでのような波乱はないだろうと思っただけだ。

戴冠式《たいかん》での騒乱は、記憶に新しい。ただ、一度にいろいろと起こった上に、二回も気絶してしまったので、どこか夢の中の出来事のように感じてしまう。

華《はな》やかな人々。まばゆい蠟燭《ろうそく》の灯《ひ》。威厳《いげん》に溢《あふ》れたドミトリアスとグラーシカ。そして、貴婦人のように着飾った自分の姿。

しかし今、カリエがいるのは殺風景《さっぷうけい》な岩砂漠だ。服もドレスではなく小姓《こしょう》の簡素な服で、華《か》麗《れい》な輿《こし》ではなく、馬に揺られて進んでいる。

ここにいるのは、マヤル・バルアンの小姓《こしょう》カイ。しかし同時に、ギウタ最後の皇女であり、マヤル・バルアンの正妃《せいひ》カザリナでもあるという。

戴冠式の晩、見せ物のように連れ出されたカリエのことを、サルベーンがカザリナ皇女だと証明してしまったらしい。らしい、というのは、カリエはその時のことをほとんど覚えていないからだ。サルベーンが目の前に立ったところまでは覚えているが、それからの記憶がない。

バルアンやコルドが言うには、そのときカリエはギウタ語で過去のことを語ったそうだ。

とても信じられなかった。しかし、相手がサルベーンならば、ありうるとも思う。彼には、不思議なところがある。ザカール人は、面白い力をもつと聞くし、彼が何かをしたのかもしれない。

だがそれはそれで、悲しかった。自分はカザリナとして利用されたくなどないのに、よりによってサルベーンに、皇女の証明をされてしまうとは。

幸いだったのは、戴冠式の翌日、バルアンがすぐにロゴナ宮を発ったことだった。もうこれ以上あの場にとどまって利用されたり、ドミトリアスたちに迷惑をかけるのは、ごめんだった。

カリエは顔に黒い塗料を塗り、小姓の服を着てロゴナを出た。往路《おうろ》にビアンが使った輿は、対外的には正妃のものとされていたので、その気になりさえすれば、輿に乗って帰ることもできた。しかし、カリエはあえて男装して馬に乗ることを選んだ。バルアンの妃《きさき》として輿に揺られ、侍女《じじょ》にかしずかれて旅をするなど冗談ではない。それならまだ、小姓としてバルアンの世話を焼きながら、馬で進んだほうがましだ。

「この様子だと、今日中にはインダリに到着するな」

前を進むバルアンが、つぶやいた。

「そのようですね」

「どうする？」

「どうするとは？」

バルアンはにやりと笑ってふりむいた。

「マヤラータとなると、導師《どうし》を呼んで婚礼を認めてもらわねばならん。おまえが後宮《こうきゅう》に入るつもりなら、それなりの準備がいる」

「入るわけないでしょ、何言ってんですか！」

カリエは目をつりあげて怒鳴った。

「マヤラータのふりをしなきゃならないのは、ロゴナ宮にいる間でしょう!」

インダリは、辺境《へんきょう》の土地だから情報も届きにくい。タイアークに行った者たちに口止めさえしておけば、導師をはじめインダリ宮の者たちが、マヤラータの件を知ることはないはずだ。

「それはそうだが、あとあと面倒だから、このさい本当に婚礼をあげるというのもありだぞ。あれだけの大騒ぎになったんだから、そのうちリトラの親父《おやじ》の耳にも入るだろうし、そうしたら間違いなく、なにかしらの反応が来る。その時にはさすがに導師にもばれてしまうから、大目玉をくらうぞ」

「後宮に入るより、大目玉をくらうほうがましです」

「妙なやつだな。おまえも一時は後宮で、シャーミアを目指していたはずだろう」

「それは昔の話です。こんなひどい扱い受けた上、後宮に監禁《かんきん》されるなんてごめんですよ」

「マヤラータは、後宮では女王も同然だぞ。どうせなら、いっそその身分を利用して、自由気ままに過ごせばいいんじゃないか?」

「なにが自由気ままにですか。だいたい私は、後宮では死んだと思われてるんでしょ? 戻ったら、混乱するだけです」

「死んだのは、あくまでカリエだ。マヤラータは、ギウタのカザリナ皇女。顔は似ていても、別人だ」

「そんな無茶な」

「おれがそうだと言ったら、そうなのだ」

なんて強引な。カリエはあきれた。

しかし、バルアンは本気で後宮云々《うんぬん》を言っているわけではない。そのにやにやした顔を見ればわかる。単にカリエをからかっているのだ。

「とにかく、ごめんです。これ以上、ナイヤを怒らせたくありませんし」

「ナイヤか。もうすっかり機嫌は直ったか？」

「ええまあ、おかげさまで」

カリエは皮肉たっぷりの目で、バルアンを見た。バルアンのせいでナイヤとの仲は険悪になったが、彼のおかげで仲直りできたのも事実だった。

ロゴナ宮を出るとき、ナイヤは正妃の身代わりとして輿に乗らされた。彼女は青ざめ、カリエとまったく目を合わそうとしなかった。

すでにシャーミアとなることに決まっているナイヤには、帰りにはすでに侍女がついていた。ビアンの侍女たちだ。ビアンは、インダリから連れてきた侍女とともにいまだタイアークにとどまっているが、一部の侍女には「新しいシャーミアに仕《つか》えよ」と命じたという。

侍女がついてしまったことで、往路の時のように、カリエが頻繁《ひんぱん》にナイヤの手伝いをすることもなくなった。そのため誤解をとく機会を得られず、カリエは悶々《もんもん》としていたが、ある晩バルアンがナイヤを呼んだことによって、全《すべ》て解決してしまった。例によって、カリエが彼女の天幕まで呼びに行ったが、その時はナイヤもかたい表情を崩さなかった。しかし数刻後、バルアンの天幕から出てきた彼女は足取りも軽く、カリエを見るなり、急に目を潤《うる》ませて抱きついてきた。

「聞いたわ、カリエすごく大変だったのね。なんにも知らされずにいきなり戴冠式に連れて行かれたんですって？　ああなんてかわいそうなの、すごく怖かったでしょう？　そうよね、ちょっと考えればカリエがあたしを騙《だま》すわけなんかないことぐらいすぐにわかるのに、あたしったら今の今まであんたを疑ってたわ。ほんとになんて馬鹿なのかしら、どれだけ謝っても謝りたりないわ。ほんとにほんとにごめんねカリエ！」

一気にまくし立てて、ナイヤは声をたてて泣きはじめた。あまりの勢いに、カリエは口を挟む間もなく、ただ茫然《ぼうぜん》としていた。

とりあえず、バルアンが事情を説明してくれて、誤解は解けたらしい。それは、ありがたい。

しかし、バルアンの言葉をあっさり信じて、態度を急変させるナイヤもどうか。あきれるあまりただ黙って立ち尽くしていると、ナイヤは不安そうに体を離し、怯《おび》えた顔でカリエの目をのぞき込んだ。

「怒ってるのね?」

「怒ってないよ。ただ、ちょっとびっくりしただけ」

「……あきれてるのね。わたしのこと、馬鹿だと思ってるんでしょ?」

ナイヤは自嘲《じちょう》ぎみに笑った。

「わかるわ。自分でも、馬鹿だと思うもの。侍女からも、カリエが何も知らされてなかったってことは聞いてたし、生まれをただ利用されただけなんだって、わかってた。わかってたけど、カリエが怖くて憎らしくて、自分でもどうしようもなかったの。あんたが、ビアンさまもゆるされなかったマヤラータとして綺麗《きれい》に着飾って、マヤルと連れだって皆の前に出て、あれがマヤル・バルアンの奥方だと言われるんだと思うと、羨《うらや》ましくて仕方がなかった」

「わたしは――!」

「わかってる。カリエはただ辛《つら》いだけだったよね」

カリエが思わず声を荒らげると、ナイヤは慌《あわ》てたように言った。

「わかってるの、でも悔しかったのよ。マヤラータが羨ましいんじゃない、ただあんたがバルアンさまの隣にいるってことが羨ましかったの。だからほんとは、小姓としてあんたがマヤルの隣にいることだって、いやだったわ。でもそんなこと言ってもしょうがないし、ずっと我慢《がまん》してて――それが、きれいなドレス着て、マヤルに連れられていくあんたを見て、爆発したの」

苦しそうに語る間、大きな黒い目からは、とめどなく涙が溢《あふ》れていた。

ナイヤは、この旅の間に驚くほど大人びた。しかし、涙を手の甲《こう》で拭《ぬぐ》い、しゃくりあげながら謝る彼女は、幼い子供のようだった。

「ごめんね。わたし、ほんとにいやなやつだね。心せまいよね。カリエのこと大好きだし、マヤルのお呼びがかかったのもあんたのおかげだからすごく感謝もしてるけど、でも憎らしかったのもほんとなの」

その言葉に、カリエの胸が痛んだ。ナイヤの気持ちが、手に取るように理解できた。自分にも、覚えがあるから。

ラクリゼのことを思い出した。ロゴナ宮で再会したサルベーンから、親しげに彼女の名前が出たときにわきあがった怒り。ラクリゼは、命の恩人だ。よく面倒を見てくれたし、当時は母のように慕《した》ってさえいたというのに、あのときは妬《ねた》ましかった。そんな自分を醜《みにく》いと思いつつも、嫉妬《しっと》は止められなかった。

「ごめんね、ほんとにごめんね」

ナイヤは泣きながら繰り返した。もう化粧もぼろぼろだ。

「いいよ。もう泣かないで」

「……許してくれる?」

ナイヤが謝る必要なんてない。そして自分に、許してやる資格もない。

を何度も繰り返した。

「許すも許さないもないよ。不安になるのもわかるし、ほんとにもう気にしないで」

ナイヤは顔を輝かせ、再び首にかじりついてきた。そして、「ありがとう」と「ごめんね」を何度も繰り返した。

「インダリに戻っても、ナイヤのこと大事にしてくださいよ。あんなにマヤルのことが大好きなんですから」

カリエの言葉に、バルアンは肩をすくめた。

「だからシャーミアにすると言っているだろう。今回の旅でも、ナイヤのぶんの土産《みやげ》は山のように買わせてある。欲しいものはなんでもくれてやるさ」

「そういうことじゃなくて」

わかってない。カリエは額《ひたい》をおさえた。

後宮の女たちが、バルアンを必死に愛するのは当然だ。なにしろ自分の生活すべてを彼が握っているのだから。

しかしナイヤの場合は、それだけではない。彼女は全身全霊をかけて、バルアンに恋をしている。彼ゆえに怒り狂い、カリエが何もしていないのに彼ゆえに怒りを解く。正直言って、おもしろくなかった。後宮にいた頃は、どちらかがシャーミアになっても恨《うら》みっこなし、もう一人はその侍女になってうまくやろうなどと話していたのに。いつのまにか、カリエは置いてけぼりだ。

「今のナイヤは、マヤルが全てなんです。シャーミアになっても、マヤルの足が遠ざかれば、気が触れかねません」

「そう言われてもな。後宮には、懐妊《かいにん》中のギュイハムがいる。二月もほったらかしにしていたから、しばらくはギュイハムのもとに通ってやらねばならんだろう。それに他にもシャーミアはいるし、ジィキもいる」

「でも…」

「あのな、カイ。後宮なんてものをもつと、なかなか面倒なんだぞ。基本的に、妻は平等に愛さなきゃならん。後宮に行ってひとり呼んだが最後、他の妃をすべて呼ぶまで数日通い続けなくてはならん。それが面倒くさいから、おれはあまり後宮には行かないんだ」

「いばらないでくださいよ。それなら何で、部屋もちが悲観して自殺したりするんです?」

「一度抱いた女のことまで勘定《かんじょう》に入れてたら、おれが死ぬ。しかもパージエのやつは、次々新しい女を出してくるんだぞ。おれの苦労も少しは察しろ」

「たいへんですね」

口先だけとわかる口調で、カリエは言ってやった。こんな男にふりまわされる妃《きさき》たちが、かわいそうだった。

自分も同じだ。バルアンの性格をよく知っていても、ロゴナ宮でのあの仕打ちはかなり堪《こた》えた。自暴自棄《じぼうじき》になったら終わりだからと堪《こら》えているが、それでも時折、思い出しては目も眩《くら》むような怒りに襲われる。そんなときには、ビアンが言った言葉を必死に自分に言い聞かせるのだ。

——逆にマヤルを利用するほどの気概《きがい》を持て。そうでなければ生き残れない。

大きな目的をもつ彼女は、妃として嫉妬に苦しむことはあっても、決しておのれを見失わなかった。その目的がむかう方向には問題はあるものの、ビアンはラハジルの地位に甘んじてはいなかった。

自分も、ああならなければ。ナイヤのように、バルアンの行動ひとつで一喜一憂《いっきいちゆう》するのはごめんだった。

*

一行がインダリ宮殿に着いたのは、夜だった。

宮殿の者たちは、宴《うたげ》の準備を整えて待っていた。

「宴もいいが、疲れてるから今夜は休みたいんだがなあ」

バルアンがぼやくと、最長老《ちょうろう》のケンヤムが珍しく上機嫌で言った。

「そうおっしゃらず。疲れも吹き飛ぶ、とびきりのものを用意してございますよ。それも、あの堅物《かたぶつ》のハクラフ・エドが、マヤルのためにご用意したものでして」

「ほう。エドが」

バルアンは興味を惹《ひ》かれたようで、カリエに手伝わせて着替えると、宴の席に出向いた。

広間には絨毯《じゅうたん》がしきつめられ、人々はその上にじかに座っている。マヤルの席は部屋の最奥《さいおう》と決まっているが、ほかは厳密な決まりはない。ただ車座《くるまざ》に座り、それぞれの前に置かれた膳《ぜん》から勝手に酒を取り、ものを食べる。カリエはバルアンや周囲の者たちの酌《しゃく》をしてまわるが、そのうち人々は気軽に移動し、酒も勝手にやってくれるようになるので、途中からは楽だった。

なにもかもが厳密な、ルトヴィアの晩餐《ばんさん》とは大違いだ。これぱかりはエティカヤのほうが好ましい。気軽でにぎやかな宴を見るにつけ、カリエはあの晩餐の恐ろしさを思い出さざるを得なかった。

ルトヴィアは、エティカヤに比べはるかに大きく、多様化し、歴史もある。だから、何にでも順番をつけたがるのは、仕方のないことなのだろう。しかし、あんなふうに、晩餐の席で露《ろ》骨《こつ》にわかるような形はいやだなとカリエは思った。自分でさえ、晩餐の間《ま》に入った途端、バルアンとイーダルの席次でひどく動揺した。あそこには、そうせざるを得ない雰囲気《ふんいき》があった。

部外者の自分でさえそうなのだから、ルトヴィア貴族たちは、いかに皇帝に近い席を取るかで躍起《やっき》になり、広間に案内されるたびに他人と位置を比べては一喜一憂するにちがいない。あの威圧的な空気の中で追い詰められ、視野がどんどん狭くなって、宮殿の外にはるかに広い世界があることを忘れてしまうのだろう。

　一方エティカヤには、ルトヴィアよりも厳しく冷酷な秩序が存在する一方で、仲間としての意識がいまだ強く存在している。序列も、実力次第でいつでもひっくり返るものだった。それは、エティカヤが戦士共同体という側面をもつためだろう。

　バルアンの隣で、ひとり真剣に考えこんでいたカリエは、急にざわついた空気に顔をあげた。

　見ると、背の高い男が入ってくるところだった。

「おうエドか」

　バルアンの呼びかけではじめて、カリエはそれがエディアルドだということに気がついた。今夜は軍装ではなく、バルアンたちと同じような服を着ていたために、わからなかった。こうして見ると、もうすっかりエティカヤの人間だ。

　彼はバルアンの前に進み出て、膝《ひざ》をついた。

「久しぶりだな。南方基地はどうだ」

「は、マヤルのお心に添うよう力を尽くしております」

　バルアンが差し出した杯《さかずき》を、エディアルドは押し頂いた。カリエが瓶《びん》をもって進みでて、杯に酒を注ぐ間も、彼は床に目を落としたままだった。

「おまえがこのような場に出てくるとは珍しい。何でも、基地から持ち帰った土産《みやげ》があるとか」

「はい。旅の一座を連れてまいりました」

「芸人か」

バルアンの顔に、あからさまな失望の色が浮かんだ。それはそうだろう。タイアークからの帰り途《みち》、バルアンはまたいくつもの街に寄ったが、その先々で、余興《よきよう》として芸人が出てきたからだ。もともとその手の出し物が大好きなカリエでさえ、最後のほうには飽《あ》きていたから、さらに飽きっぽいバルアンはさぞうんざりしていたことだろう。

しかしエディアルドは、バルアンの露骨な態度にも怯《ひる》まず言った。

「一座の芸はどれも見事ではございましたが、マヤルもお疲れでございましょうから、本日は、中でも特に素晴らしい、舞姫《まいひめ》による剣舞《けんぶ》のみをご覧いただきたく存じます」

「剣舞か」

バルアンの声に、わずかに興味の色が混じった。彼が舞の中でとくに剣舞を好むことは、カリエもすでに知っている。

「まあ、よかろう。連れてこい」

「かしこまりました」

エディアルドが手を叩《たた》くと、周囲がしんと静まり返った。その沈黙は、異様な興奮にはりつめている。そういえば先ほどエディアルドが現れたときも、人々はやたらと騒いでいた。ケンヤムも意味ありげに「とびきりのもの」と言っていた。インダリの者たちは、事前にその舞姫の剣舞を見て、感銘《かんめい》を受けたらしい。

ここは、娯楽に乏《とぼ》しいインダリ。そこに肌も露《あらわ》な舞姫が現れて、艶《なま》めかしく踊れば、それだけで彼らは大喜びするだろう。

しかしこちらは、そんなもの見飽きているのだ。人々の期待を冷めた目で見ていたカリエは、かすかな鈴《すず》の音に気づいた。

深い緑の衣《ころも》を纏《まと》った舞姫が、顔を伏せてしずしずと現れる。肌の色は濃い。背の高い女だ。胸と臀部《でんぶ》は豊かで、腰は折れそうに細い。カリエは横目でバルアンを見た。案《あん》の定《じょう》、顔が緩《ゆる》んでいる。このすけべが、と口の中で毒づいた。

舞姫の両手には、それぞれ長剣と短剣が握られていた。歩くたびに、足首に巻きつけた金の鈴が、すずやかな音をたてる。

彼女はバルアンの前に来ると膝を折り、深々と一礼した。そしてゆっくりと顔をあげる。

その途端、カリエは息を止めた。

衣と同じ、同色のヴェールは口元も覆《おお》い、舞姫の顔の中で露になっているのは、両眼だけ。

黄金の、瞳だけ。

驚きに固まるカリエとは対照的に、女はゆっくりと動き始めた。音楽は無い。ゆるやかに腕を動かしながら立ち上がり、足で拍子《ひょうし》をとる。二本の剣は交差し、離れ、天を突き、宙を薙《な》ぐ。

ゆっくりとした動きだった。優美でしなやかでありながら、底知れぬ力強さを秘めた、不思議な魅力に溢《あふ》れた踊りだ。剣舞は、剣の型が基本となっている。だからどれほどゆっくりとした動きでも、次の瞬間にはすぐに斬《き》りこめるような緊張を保っており、どれほど優美であっても、足は戦うための歩を踏んでいる。

それは知っていたが、これは、ルトヴィアで見た、どの剣舞ともちがう。今まで見た舞姫たちは、妙に軽やかに剣《つるぎ》を操《あやつ》っていた。そもそも踊りのための剣だから、実用性はなく軽い。女は剣をもたぬものだから、当然だ。だから彼女たちのもつ剣は、扇や飾り棒となんら変わりのない、踊りにちょっとした変化をもたらすものでしかなかった。

しかし、これはちがう。

この女の動きは、軽やかというよりも、鋭かった。

そして、その剣の、なんと重々しいことだろう。なんと、まがまがしいことか。

素早く振り下ろされた刃から、血しぶきがあがるのが、見えるような気がする。鉄錆《てつさび》の匂《にお》いまで感じるようで、カリエは冷たい汗をかいた。

気持ちが悪い。この踊りは、素晴らしいかもしれないが、血腥《ちなまぐさ》く不吉だ。こんなもの、誰が見て喜ぶというのか。カリエはそっとバルアンの横顔を盗み見た。そして、ぎょっとした。

バルアンは大きく目を見開いていた。食い入るように、女を見ている。

彼のこんな顔は、見たことがない。美女を見てだらしなく目尻《めじり》を下げたり、口元を緩めたりすることは多々あった。しかしこんなに真剣に、女を見つめることなどなかった。

急に、床を踏む音が大きくなった。はっとして女に目を戻すと、舞は一変していた。

足音が連続し、早くなる。剣の動きはいっそう素早く、鋭くなる。

今までの優美さは消え失せ、乱戦を思わせる、荒々しい踊りだった。激しく鳴り響く鈴と足音の合間に、剣の鳴る音がする。めまぐるしく動く銀の光。その先の黒い腕が、まるで蛇《へび》のようにうねった。

ふいに、女の姿が消えた。

あ、と顔をあげれば、天井《てんじょう》近くに体を反《そ》らせた姿。信じられない跳躍《ちょうやく》力だった。それまで固唾《かたず》を呑んで見守っていた客からも、どよめきがあがる。

空中で回転し、ヴェールをふわりと浮かせながら、女は着地した。まるで重さを感じさせない動きだった。休む間もなく、女は舞い続ける。次第に強くなる剣の音。それは、激化する戦いを思わせる。

剣戟《けんげき》の音のむこうに、軍馬の蹄《ひづめ》の音、人々の怒号《どごう》が聴こえる。

激しく舞う女の周囲に、武装した兵士の姿が見える。

揺れる炎。舞う血潮《ちしお》。悲鳴。人いきれ。抉《えぐ》られて立ちのぼる土の匂い。

眩暈《めまい》がした。もう耐えきれない。

あと一息、女が動きを止めるのが遅ければ、カリエはやめてと叫んでいただろう。カリエが口を開きかけていたときには、女は舞をやめていた。腰を落とし、長剣を持つ手をまっすぐ前に伸ばしたまま。

そう、前へ——その先にいるのは、バルアンだ。

剣の切っ先は、バルアンの首すれすれのところで止まっている。

金の目は、じっと彼の顔を見据えている。バルアンも、おのれの首を狙う剣など目もくれず、ただ女を見つめている。

「——無礼な!」

凍りついた空気を引き裂いたのは、コルドの鋭い声だった。彼は素早くマヤルの前に立ちふさがり、女の手首を打って剣をたたき落とした。

「女、余興《よきよう》とはいえマヤルに剣を向けるとは何ごとか! 即刻首を刎《は》ねてくれる、外に引き出せ!」

弾《はじ》かれたように周囲の男たちが立ち上がり、女の腕を取る。すると即座に、バルアンが言った。

「やめろ。その女から手を離せ」

「しかしマヤル」

「おれがやめろと言っているんだ。女、ヴェールを取れ」

舞姫は剣を揃《そろ》えて床に置くと、ゆっくりと口元を覆うヴェールを外した。

「……おまえは」

コルドが呻《うめ》いた。

「ラクリゼ……」

カリエがつぶやいた。

かすれた小声だったが、バルアンには届いたらしい。彼は目だけを動かしこちらを見た。

「知っているのか」

「……はい」

「おまえが以前言っていたのは、この女のことだな」

何のことかわからなかった。それが顔に出ていたのだろう、バルアンは苦笑して言った。

「おまえがギュイハムと共に、はじめておれの前に出たときだ。おれは、金の目をした戦女神《いくさめがみ》の話をしただろう。そのときおまえは、よく似た人間を知っていると言った」

「あ」

「この女のことだな?」

「……はい」

カリエは頷き、女を見た。

この世ならぬ美貌《びぼう》。カデーレの裏通りで、暗殺者《あんさつしゃ》に狙《ねら》われた自分とミューカレウスを救ってくれた、命の恩人。

ろくに礼も言えずに別れたことを惜《お》しく思ってはいたけれど、まさかこんな所で再会を果たすとは。

「おまえの名は、ラクリゼか?」

「はい」

バルアンの問いに答える声は、今の今まで激しい踊りを見せていたとは思えぬ、落ち着いたものだった。

バルアンはにやりと笑い、立ち上がった。

「気に入った。来い」

ラクリゼの手首を摑《つか》み、彼は歩き出した。カリエも慌《あわ》ててついていく。

「おまえはついてこなくていい」

ぴしゃりと言われて、カリエは足を止めた。

バルアンに手を引かれて歩くラクリゼが、ふりむいた。金色の目が、カリエをとらえてほんの少しだけ細くなる。微笑《ほほえ》んだのだろうか。

「エド、後で褒美《ほうび》をとらす」

エディアルドの傍《かたわ》らを通り過ぎるとき、バルアンは短く言った。エディアルドは無言で頭を下げた。

遠ざかるバルアンとラクリゼの姿を、カリエは茫然《ぼうぜん》と見送った。

ついてこなくていい。バルアンの言葉が、耳に残っていた。

邪魔《じゃま》と言わんばかりの声だった。ちらともこちらを見なかった。

自分でも、なぜこんなに衝撃を受けているのかわからない。

「カイ！」

コルドの声が鞭《むち》のように耳を打ち、カリエは我《われ》に返った。

ふりむくと、途端に平手打ちが飛んできた。容赦《ようしゃ》のない力に、カリエはよろめき、倒れてしまう。

「おまえはいったい何のためにマヤルの隣に控えているんだ？　マヤルに危機が迫ったときは、真っ先に飛び出し、盾《たて》になるのが小姓だろう！」

コルドは怒りに燃えた目でカリエを見ている。ここに至ってようやくカリエはおのれの失態に思い至り、慌てて平伏《ひれふ》した。

「も、申し訳ありません」

「ムイクルならば、私よりも早くマヤルを庇《かば》っていたぞ。あの女に害意がなかったからよかったようなものを、おまえはいったい今まで何を学んできたんだ⁉」

「すいません」

カリエはただひたすら謝るしかなかった。ここまで激怒しているコルドを見るのは、はじめてだ。いつもにやけた顔をしているだけに、恐ろしい。

「──わかれば、いい」

怯《おび》えて縮《ちぢ》こまっているカリエが哀《あわ》れになったのか、コルドの声から怒りが抜けた。

「まあ、考えてみれば、君が盾になって傷ついても困るんだったな……いやすまない、つい興奮して手をあげてしまった」

「い、いえ。コルドさまのお怒りは当然です。わたしがふがいないばかりに」

ほんとうに情けなくて、涙が零《こぼ》れた。自分は今、バルアンの小姓なのだ。マヤラータよりも小姓のほうがいいと選んだはずなのに、こんなことでどうするのか。これではまた、ムイクルに馬鹿にされてしまう。

「あー、困ったな、泣かないで。これから気をつけてくれればいいんだし──あ、いや、気をつけられても困るのか。まいったな、なんて言えばいいんだ」

コルドはぼりぼりと頭を掻《か》いた。

「あっと、そうだ、ハクラフ・エド。もう兵舎にお帰りですか?」

いきなり名を呼ばれたエディアルドは、怪訝《けげん》そうな顔をした。

「はい、用は済みましたので」

「じゃあカイくん、ハクラフを送って行ってさしあげなさい」

「いや、私は――」

エディアルドの声を無視して、コルドはカリエの背中を押した。

「じゃ早く行きなさい」

「はい。行きましょう、ハクラフ」

カリエはエディアルドとともに広間を出た。

複数の視線から解放されると、だいぶ気が楽になった。夜風は刺すように冷たかったが、今のカリエには心地よい。

「大丈夫か」

周囲から人が消えたころ、エディアルドがつぶやいた。

「何が?」

「頬《ほお》」

「…平気よ。わたしが悪いんだし」

カリエは頬に手をあててうつむいた。むしろ、あれだけで済んだのが奇跡だ。怒りから我《われ》にかえったコルドは、カリエがマヤラータとして仕えることを思い出したのだろう。ただの小姓ならば、もっと厳しい罰《ばつ》を受けていたはずだ。今頃コルドは、事情を知らぬケンヤムたちに「甘い」と詰《なじ》られているにちがいない。

「久しぶりね。ずっと南の基地にいたんでしょ。いつインダリに帰ってきたの」

気分を変えるように、カリエは笑ってエディアルドを見上げた。

「三日前だ。そろそろマヤルが帰っていらっしゃると聞いて。それよりおまえ、あのザカール人を知っていたのか」

「カデーレで会ったことがあるのよ」

エディアルドの顔色が変わった。

「なんだと」

「ミュカと街に出て襲われたときに、助けてくれたのがあの人なの。殺し屋を一撃でやっつけて、わたしたちの手当てをしてくれたわ。皇子宮に帰るまで、ずっとラクリゼの家にいたの」

「なぜそんな大事なことを黙っていた⁉」

「だってエド、ザカール人て聞くだけでいやな顔するじゃない。あの人、サルベーンとちがって、一見してすぐザカール人だってわかるし。そういうエドのほうこそ、なんてラクリゼと？　いつ知り合ったのよ」

「おまえたちがタイアークに行っている間だ。ムザーソで道に迷っている旅の一座を保護した」

「旅の一座ねえ」

どうも納得がいかなかった。カデーレで見たとき、ラクリゼの家には何人か仲間らしき者がいたが、芸人のようには見えなかった。

「ラクリゼ、このまま後宮入りするかもしれないね。マヤル、ものすごく気に入ったみたい。あんな顔してるの、はじめて見たもの」

「…ザカールの女を抱く気になるとは、マヤルもたいしたお方だな」

カリエは顔をしかめた。

「またそういうことを言う。偏見《へんけん》はやめなさいよ、わたしには恩人だって言ってるでしょ？」

「すまない。だが、あの女は、血の匂いがしすぎる。古くからマヤルについている者に聞いたが、あの女、ホルセーゼの配下としてヨギナの攻防戦に参加していた女傭兵《ようへい》によく似ているらしい」

「マヤルも言ってた。すごい強かったって。さっきの態度から見ても、たぶんラクリゼで間違いないよ」

「そのようだな。ホルセーゼの傭兵ならば、エティカヤの敵だろう。その中でも目立って強かったというならば、多数の味方が殺されているはずだ。だから私は、マヤルに処分を任せるつもりで引き合わせたのだが」

「そうだったの？　マヤルがラクリゼを殺せばいいと思ってたの？」

「そうだ」

「ひどい。だって、ギウタを助けた傭兵なら、わたしたちから見たら味方も同然じゃない！」

「とてもそうは思えない。あの女は、恐ろしい」

エディアルドの表情は固かった。彼が、他のルトヴィア人同様、ザカール人への偏見をもっていることは知っている。しかし、それだけではない恐怖が見えるような気がした。

「……なにかあったの？」

おそるおそる尋ねると、エディアルドは足を止めた。

「もう、ここでいい。戻れ」

「だめよ、兵舎まで送るように言われてるもの」

「兵舎は遠い。おまえが引き返すときが大変だ」

「大丈夫よそんなの。エド、明日になったらまた基地に戻っちゃうんでしょ？　そしたら、またずっと会えないんでしょ？　もうちょっと話すぐらいいいじゃない」

「しかし…」

「まだ何か疑いかけられるの気にしてるの？　そんなの誰も気にしないよ。それに、もし何かあったとしても、マヤルはもう、わたしを殺せないんだから」

「どういうことだ？」

「わたし、ギウタのカザリナ皇女なんだって」

見上げると、エディアルドは目ばかりか口まで開いていた。

「それで、マヤルのマヤラータなの。ドーン兄上やグラーシカ、いろんな国の王族やえらい人たちがたくさんいる前で、そう紹介されたのよ」

「ばかな。いつのまに婚礼を」

「あげてないわよ、そんなの。わたしだって、戴冠式の当日まで、何も知らされてなかったもの。あらかじめ私に報《しら》せたら逃げ出すかもしれないと思って、黙ってたみたい。だから、単に形だけのマヤラータなの」

エディアルドは、信じられないという顔をした。

「マヤルは、インダリに戻ったら本当に婚礼をあげてもいいって言ってたけど、わたしは冗談じゃないって断ったわ」

「なぜだ。マヤラータは、後宮の頂点に立つ者だぞ。誰もおまえを傷つけられないし、栄耀栄華《えいようえいが》もほしいままだ」

「マヤルと同じこと言うのね」

カリエは苦笑した。

「でもそんなの、わたしはいらない。小姓のほうがましよ。小姓も奴隷《どれい》であることにかわりはないけれど、外に出られるもの。わたし、タイアークでドーン兄上たちに会ってから、ずっと考えてた。マヤラータとして、自分には何ができるのかって」

バルアンを逆に利用してやれ。ビアンは言った。

自分は何をすればいいのか。何をしたいのか。

「今でこそ導師《どうし》もごまかせているけど、たぶんいつかはわたしも本当にマヤルと婚礼をあげて、後宮に入らなければならなくなると思うの。だからその前に、できるだけいろんなことを見ておきたい。マヤルが何をしているのか、何を望んでいるのか」

今まで、それを正確に知ろうとしなかった。

粗暴で気まぐれな野心家。そう決めつけていた。たしかに、間違ってはいないだろう。しかし、それはバルアンの一面でしかない。

「前に、エドやヒカイ様と一緒に基地まで行ったことあったでしょう。あのときにエド、わたしに言ったよね。マヤルはおまえに何も隠そうとしない、だがおまえは何も理解しようとしていないって。あのときわたし、マヤルが何を考えているかなんてよくわかってるって怒ったけど、なんにもわかってないってことを、今度のことで、身をもって思い知ったわ」

バルアンが、カリエさえも知らぬような過去を握っているとは思ってもみなかった。そしてそのことを、彼は全くこちらに悟らせなかった。

戴冠式という最も華やかな舞台で、平然とあれだけのことをしてのける度胸。そこに至る周到な準備。彼は、予想していたよりも、はるかに恐ろしい男だ。そう実感したのは、カリエだけではないだろう。今まで、ルトヴィアの貴族たちにとって、マヤル・バルアンはクアヒナの東に控えた不気味な存在ではあっても、対等な取引相手とはなりえなかった。誰もが、次期エティカヤ王はヨギナのマヤル・シャイハンと疑っていなかったからだ。バルアンは王から左遷《させん》された身であり、兵力も兄に比べて圧倒的に少ない。実際、ロゴナ宮に入ってしばらくは、貴族たちはそれほど積極的にバルアンに近づこうとはしなかった。

変化が起きたのは、ドミトリアスとグラーシカの婚礼の翌日からだ。舞踏会《ぶとうかい》でビアンという爆弾を落としたために、にわかに客が多くなった。ユリ・スカナの元王女を擁《よう》しているということは、現女王に反する軍部も味方につけている可能性が大きい。ムザーソは、地形的にもユリ・スカナに最も近い。バルアンは、世間で思われているよりも、大きな力を抱えているかもしれない――人々がそう判断するのは自然なことだ。

そしてそれは当たっている。ムザーソの特異な地形に隠された、数々の基地。無数の武器や兵士たち。

親父にばれるとまずいからここに隠しているんだと、バルアンは言っていた。しかし、本当ははじめから、この地形を知っていたからこそ、わざとこの地に左遷されるよう仕向けたのではないだろうか。バルアンは、ムザーソに移って瞬《また》く間に、このインダリ宮を整えたという。それは、事前に念入りに調査をしていなければできないことだ。彼は昔から、ふらふらと旅をしていたと聞いた。テニヤの総督《そうとく》だったならば、地理的に考えて、何度かムザーソにも来ているはずだ。

周囲を欺《あざむ》き、見くびらせ、着々と力を蓄《たくわ》え、情報を細かく収集し、利用できるものは全て手に入れる。そして今、その手の内を世間に見せ始めたということは、彼にはそれなりの準備ができたということなのだろう。

そのことに、カリエは今まで気づくことができなかった。バルアンが誇らしげに基地を見せても、単に彼の子供っぽい顕示欲《けんじよく》だと片づけていた。彼への反感が、正常な判断を妨《さまた》げていた。

あの頃の自分をひっぱたきたい気分だ。せっかく、バルアンにもっとも近い場所を許されていながら、らちもない愚痴《ぐち》を言うだけだったとは。こんなことだから、やすやすと利用されるのだ。

「マヤラータは、正式な、対等な配偶者なんですってね。それならわたしは、マヤルの全てを把握しておかなくちゃならない。そして、マヤルに対等だと認めてもらえるようにならなきゃ。マヤルに認められてはじめて、わたしはマヤルにいろいろと意見することができる。マヤルを支えられるようになってはじめて、牽制《けんせい》することもできる」

バルアンは、エティカヤ王になるつもりだ。ただそのために、準備をすすめてきた。ならば、そのために力になろう。彼が死ねば、自分にも未来はない。エディアルドやナイヤも同じだ。

しかしその先は——

「わたしは、いつかエティカヤの王になったマヤルが暴走して、ルトヴィアやユリ・スカナまで傷つけようとしたら、ちゃんと手綱《たづな》を引けるような、そんな人間にならなきゃならない。それが、わたしたちを見逃してくれたドーン兄上への恩返しにもなると思う。……思い上がりかな」

カリエは不安そうにエディアルドをうかがった。すると彼は短く「いいや」と答えた。

ほっとした。エディアルドは、言葉は少ないが、決して嘘《うそ》をつかない。ごまかしたりしない。だから、彼に自分の考えを認めてもらうと、嬉しくなる。

「ありがとう。エドもがんばってね。いっしょにがんばろうね」

「…ああ」

ほんの少しだけ、エディアルドの口元が緩んだように見えた。カリエは驚いて目を瞠《みは》った。

次の瞬間には、もう笑みは消えていた。

単なる影のいたずらだったのかもしれない。それでもカリエは、ずいぶんと心が軽くなるのを感じた。


兵舎に辿《たど》り着き、カリエは「それじゃあ」と言って、宮殿へと戻っていった。

その後ろ姿を、エディアルドは見送った。もう夜も更《ふ》けているし、宮殿まではそれなりに距離があるので心配だったが、カリエは全く恐れる様子もなく進んでいく。手にした灯《あか》りがゆらゆらと揺れていた。その淡い光に浮かび上がる彼女の姿は次第に小さくなっていき、やがて闇《やみ》にまぎれてしまった。

途中で、怖いからと戻ってくるのではないかと思っていた自分がおかしかった。あの娘は、もう子供ではないようだ。実際、二カ月ぶりに会ったカリエは、驚くほど大人びて見えた。形だけとはいえ、バルアンのマヤラータとなったというのだから、当然かもしれない。

マヤラータと聞いて、驚くと同時にほっとした。カリエの言うとおり、これで理不尽《りふじん》に殺される危険は減ったからだ。

しかしカリエは、しばらく小姓のままでマヤルにつき従い、いずれ正式にマヤラータとなる日に備えて、バルアンの全てを見たいと言った。

知らぬうちに、あの少女はどんどんひとりで歩いていく。皇子宮にいた頃は、自分が導く立場にあったのに、今は逆転してしまった。後宮に入っては処刑の危機にさらされ、そして小姓となってからはバルアンにふりまわされ、徹底的に利用された。彼女は、自分よりもよほど過酷《かこく》な状況にさらされ続けた。しかしもう、次のことを考えている。

思えば、アルゼウスもそうだった。はじめはエディアルドが手を引いていたのに、いつのまにかその手は離れ、彼の前を歩く姿があった。そして、その手が再び届くことはなかった。

カリエもきっと、このまま遠くへ行くのだろう。アルゼウスのように、死という厳しい別れではないけれど、エディアルドの手が全く届かぬところへ去るのだろう。守ろうと思っていたが、もうそんな必要はないのだ。

「……あの女が言ったとおりか」

エディアルドはつぶやいた。

あのザカールの女。

砂嵐《すなあらし》の晩、エディアルドの前に突然現れたラクリゼ。

彼女は、その日、兵士たちの前で舞を披露《ひろう》した。今夜バルアンの前で舞ったものとはちがう、艶《あで》やかな舞だった。

男たちは喜び、この旅の一座を同行させるようエディアルドに懇願《こんがん》した。補給を受けるための行軍《こうぐん》で芸人を同行させるなど聞いたことはないが、状況が状況なので、エディアルドはしぶしぶ承諾《しょうだく》した。補給部隊と落ち合ったらとっととこの一座を引き渡し、インダリに向かわせればよい。それまでの我慢だ。そう自分に言い聞かせ、エディアルドは極力、一座と接触をもたぬようにしていた。

しかし、明日には補給部隊と合流するという晩、彼の天幕にラクリゼがやって来た。なんの用だ、と冷たく尋《たず》ねると、「ハクラフにはお世話になりましたので、ぜひお礼を」と答えた。こういう状況で「お礼」とは何をさすかぐらいはわかったので、不機嫌もあらわに追い払おうとした。

すると突然、ラクリゼは胸元から短剣を抜き、襲いかかってきた。

エディアルドは仰天《ぎょうてん》したが、反射的に剣を掴み、応戦した。しかし、すぐに片づくだろうという予想は外れた。ラクリゼは短剣。こちらは軍刀。にもかかわらず、押されているのはエディアルドだった。

「情けない。これが、ルトヴィア一と言われた剣の使い手だと？　笑わせる」

ラクリゼは嘲笑《ちょうしょう》した。

「私は十分の一も力を出していないぞ」

それが嘘ではないことは、見ればわかる。笑うラクリゼの顔には汗ひとつ浮いていないし、息もまったく乱れていなかった。

狭い天幕の中では、むしろ短剣のほうが有利かもしれない。ザカール人は、暗殺術に長《た》けている者も多いと聞く。とにかく、外に出なければ。エディアルドは、女の攻撃が緩《ゆる》んだ一瞬の隙《すき》をつき、外に飛び出した。

しかし、外に出てもまったく状況は変わらなかった。むしろ、ラクリゼの動きが早くなり、よけい苦戦するはめになってしまった。

サルベーンを相手にした時と同じ。いや、この女はそれ以上だ。

ザカール人は、超人的な運動能力をもつという。それゆえ、ザカールの剣は最強と言われる。サルベーンのことは、刃《やいば》をまじえてはじめて、ザカール人だと知った。しかしラクリゼは一見してそうだとわかる。サルベーンと違い、他民族の血をもたぬ、純粋なザカール人だ。それだけに、能力も高いということなのだろうか。

「情けない。その長剣では狭い天幕では戦いにくかろうと思って、外に出してやったものを」

ラクリゼの言葉に、エディアルドは愕然《がくぜん》とした。あの隙は、故意《こい》のもの。そう知って、自尊心はいたく傷つけられた。

「おまえの力量はわかった。剣をおさめよ、これ以上やっては人が来る」

ラクリゼは傲然《ごうぜん》と言って、さっさと短剣をおさめた。エディアルドは黙って従った。この無礼な女をここで斬《き》り捨てても咎《とが》められはしないだろうが、そんな気力はなかった。彼女に害意がないことは、斬り結んだ瞬間にわかっていたし、女に負けたという衝撃があまりにも大きかった。

「高名なエディアルド・ラウズならば、安心して任せられると思ったが――この程度では話にならぬ。これでは、サルベーンの足下にも及ばぬではないか」

サルベーンの名に、エディアルドはぎょっとした。

「おまえ、あの破戒僧《はかいそう》の仲間か」

「そうだったこともあった。ふん、やはりおまえも会っているのだな。サルベーンと勝負はしたか?」

「……」

「その様子では、負けたな。当然の結果だ」

答えられぬエディアルドを、ラクリゼは鼻先で笑った。

「おまえがそのように不甲斐《ふがい》ないから、彼女がこんな所に来るはめになるのだ。もう、おまえには任せられぬ」

言い捨てて、ラクリゼは踵《きびす》を返した。彼女が去った後も、エディアルドはしばらくその場から動けなかった。

翌日、補給部隊と落ち合い、ラクリゼたちとは別れたが、彼女から受けた傷は日毎《ひごと》に深くなっていった。そして三日前、バルアンの帰還《きかん》に備えてインダリに赴《おもむ》いたエディアルドは、ケンヤムの屋敷に滞在しているラクリゼと再会した。そして、バルアンの前で舞わせてくれと頼まれた。

「そんなものはケンヤム殿に頼めばよかろう。彼のほうが、宮殿での階位は上だ」

エディアルドが遠回しに断ると、ラクリゼは冷ややかに言った。

「ケンヤム殿の許可はすでに頂いた。だが、私を拾ったのはおまえだ。おまえが私をマヤルの前に連れて行け」

「…なぜそんなことをする必要がある」

「おまえに思い知らせるためだ」

ラクリゼの答えは謎めいていて、さっぱりわからなかった。

しかし、今ならばわかる。バルアンに引きずられていくとき、ラクリゼははっきりとカリエを見た。

その瞬間、エディアルドは理解した。

ラクリゼの目的は、カリエなのだと。

『おまえがそのように不甲斐ないから、彼女がこんな所に来るはめになったのだ。もう、おまえには任せられぬ』

ザカールの流血女神は、「彼女」——カリエを守るために、わざわざここまでやって来たのだ。

カリエは以前、カデーレでラクリゼに命を救われたという。しかしおそらく、そのずっと前にも、二人は会っているのだろう。カリエが本物のカザリナ皇女ならば、必ずヨギナで会っているはずだ。

そのときに、二人にとって重大な何かがあったのだろう。ひょっとしたら、ラクリゼがカザリナを戦場と化したヨギナから逃がしたのかもしれない。人間離れした能力をもつあの女ならば、ありうることだ。

そして何らかの理由があってラクリゼは去り、カリエは記憶を失った。カデーレで再会したときも、やはりラクリゼは去った。

しかし今また、彼女は現れた。そして、カリエを守っているつもりになっていたエディアルドに、もういらないと突き放した。

「……私にはまかせられぬ、か」

エディアルドは、苦笑するしかなかった。

あの女の言うことは、もっともだと思った。

2

バルアンがタイアークから帰還《きかん》した翌日、後宮ではシャーミアの称号をもつ女が二人増えていた。

ひとりは、ナイヤ。

そしてもうひとりは――ラクリゼだった。

旅の舞姫が、いきなりシャーミアとして入ってくると聞いて、後宮は大騒ぎになった。すぐにでも潰《つぶ》してやろうと女たちはいきりたったが、ムハルに現れた新シャーミアを見て、青ざめて沈黙した。ラクリゼは、今まで見たことがないほど、美しい女だったからだ。

ムハルの湯気に潤《うる》む褐色《かっしょく》の肌はなめらかで、背中を流れ落ちる豊かな黒髪は艶《つや》やかだった。踊りをたしなむためか体に緩《ゆる》んでいるところがひとつもなく、完璧《かんぺき》なラインを描いていた。年齢さえ曖昧《あいまい》にさせる、あまりにも整った顔と珍しい金の瞳は近寄りがたい印象を与え、人々は遠巻きにラクリゼを見ていた。なんとかして欠点を見いだそうと躍起《やっき》になっていた女たちは、ラクリゼを見れば見るほど、それが不可能だということを思い知った。

ただ、ルトヴィア出身の者たちは、明らかにザカール人とわかるその容姿を欠点とすることで、自分を納得させた。

しかし、それが虚《むな》しい思いこみにすぎないことを、彼女たちはすぐに思い知ることになった。バルアンは、毎晩後宮に通い、ラクリゼを呼び寄せた。新しいシャーミアが頻繁《ひんぱん》に呼ばれることと自体は、珍しくはない。バルアンはそれほど熱心に後宮に来る主《あるじ》ではないが、コルドから奴隷《どれい》が献上《けんじょう》されたときや、気に入った娘を見つけたときには、熱心に可愛《かわい》がる。それでも一月《ひとつき》もすれば、飽《あ》きてしまうのが通例だった。しかしラクリゼは、後宮《こうきゅう》に入って一月が経過しても、やはり毎晩のように呼ばれ続けた。

これは異例のことだった。

しかもバルアンは、どれほど一人の妃《きさき》を寵愛《ちょうあい》しても、翌晩には別の妃に酌《しゃく》をさせたりして、それなりに気を遣《つか》っている。だが今回は、その気遣いさえろくに見られなかった。

「あー困った。こんなのはじめてだよ」

コルドは頭を抱《かか》えた。

「一月も連続で同じ女ばかり呼ぶなんて。おかげで後宮は爆発寸前だよ。シャーミア・ギュイハムなんか臨月《りんげつ》間近だってのに」

「ギュイハムまでほったらかしなんですか？」

カリエは驚いて訊《き》き返した。

彼女がいるのは、コルドの部屋だった。バルアン宛《あて》の書類を小姓頭《こしょうがしら》の部屋に運ぶのは、カリエの日課となっている。その際、バルアンについてさまざまな報告をしたり、コルドがパージエ経由で得た後宮の事情を聞くのも、また大事な仕事だった。

「だってマヤルは、二月もほったらかしにしてしまったから、しばらくギュイハムのところに通わないとって言ってたんですよ？　それなのに」

「いちおう、ギュイハムのところには自分から出向いてるみたいだけどね。でも、見るからに心あらずという感じで、すぐに出て行っちゃうんだって。あれなら来ないほうがましですって、侍女《じじょ》がパージエさまに泣きついてるそうだ」

「…ひどい。ギュイハム、大事なときなのに。死産でもしたらどうするんですか」

「おれもそう言ったよ。マヤルもわかってるはずなんだけどねえ。ビアンさまやジィキさまが懐妊《かいにん》されたときには、ずいぶん気を遣ってくれたのに。もっとも、ずいぶんと言ってもあの人にしてはってことだけどね、今回はそれさえもないからなあ」

もうお手上げだよ、とコルドはため息をついた。

カリエも気が気ではなかった。じき子供が生まれるギュイハムでさえそうなのだから、ナイヤに至っては、完全に忘れ去られているにちがいない。彼女の悲しみを思うと、カリエは胸が痛くなった。

「あの…ナイヤの様子は聞いてらっしゃいますか？」

「ああ、あの子か。彼女も災難だったな。こんなときにシャーミアになるなんて」

「ナイヤは気性が激しいから、馬鹿なことしでかしかねないので、心配で」

「パージエさまもそれを心配して、よくおそばに呼んでらっしゃるそうだよ。でも、日に日に痩《や》せていくから、かわいそうで見てられないって」

「……やっぱり」

かわいそうなナイヤ。できることなら、今すぐにでも後宮に飛んでいきたかった。そして一緒に泣いてやり、あの馬鹿マヤルの悪口をさんざん言い合いたい。こういう時は、そうやってうるさく泣きわめいたほうが、ずっと楽なのに。

「信じられない。基本的に妻は平等に愛さなきゃならないなんて言ってたくせに、マヤルったら」

「平等とはいっても、多少の差が出るのはしょうがないんだが、今回ばかりはねえ。あのマヤルにかぎって、ここまで一人の女にのぼせあがるなんて思わなかったよ」

「でもマヤルは、女好きじゃないですか」

「そうなんだけど、一人にいれこむタイプじゃないんだよ。……と思ってたけど、いれこむタイプだったみたいだね。まあラクリゼの場合は、十年越しの恋と言えなくもないしなあ」

「十年越しの恋?」

「マヤルから聞いてるだろ。ヨギナの攻防戦の時に一目惚《ひとめぼ》れしたからね」

カリエはぽかんと口を開けた。

「……見たことがあるのは知ってますけど」

「ヨギナを占領《せんりょう》した後、大変だったんだよ。父上や兄上が事後処理に追われている間、うちのマヤルは、目の色変えてあの女を探してたからねぇ。あれはまずかったよなあ。かなりお父上の心証を悪くしてしまった」

なんという間抜けな。カリエはあぜんとした。バルアンは予想していたよりも計算高く恐ろしい男だと思っていたが、やっぱりただのあほなのかもしれない。

「正気を疑いますね。だって敵でしょ？　さんざん味方を殺した人でしょ？」

「そこはおれも謎なんだけど、なにしろあのマヤルだからね…」

「あーまあね……あのマヤルですからね…」

二人はしみじみと息をついた。

「とりあえず、今のところ政務に支障《ししょう》が出てないのが救いだけど……といっても、もともとろくすっぽ政務なんてしてないからなんだけど、この先も女に溺《おぼ》れまくるようじゃ困るんだよね。カイくん、最近お散歩にも行ってないだろ」

「…はい」

散歩というと暢気《のんき》だが、歩くのは過酷な岩砂漠、そして目的は基地の視察だ。

以前は、カリエもバルアンに頻繁に連れ出されたものだ。基地に行けば必ず剣や銃の特訓を受けさせられることもあって、当時はそれが苦痛でしかなかったが、マヤラータとして、これからはきっちり観察しようと心に決めた。

その矢先に、これだ。

「マヤルは日中、ずっと部屋でぼーっとしてます。夜になると、すぐに後宮に行っちゃうし。以前なら、夜は後宮で過ごしても、朝食はこっちに戻ってきてから取ることも多かったのに、今は必ずあっちで食べますからね。ひどい時は昼近くまで戻ってこないし。これじゃ散歩にも行けませんよ」

「そうだよなあ。パージエさまにも、はやくマヤルを帰すように、ラクリゼによく言ってくれって頼んではあるんだが」

「でも、ききますかね？　ラクリゼからすれば、マヤルが長く自分のところにいるのは嬉《うれ》しいでしょう。それだけマヤルに愛されていたら、驕《おご》ることもあるだろうし…」

「それが、ラクリゼ自身はよくできた女らしいよ。パージエさまへの礼儀は完璧《かんぺき》だし、ムハルでも控えめだし、部屋でばか騒ぎをすることもない。あれだけ寵愛されているのに驕《おご》ったところのまったくない、理想的な女奴隷《どれい》だとパージエさまは誉《ほ》めてらしたよ」

「へえ…」

カデーレでラクリゼの世話になっていた時のことを思い返せば、たしかにそんな感じはする。口数の少ないほうだし、カリエとも距離を置いて接していた。かといって冷たいわけではなく、カリエが泣いていると必ずそばにきてくれた。

しかし、そうした控えめなラクリゼと、バルアンの前で挑発的に舞う彼女や、ヨギナ攻防戦での鬼神のような女傭兵《ようへい》の話は、まったく重なるところがない。いったいどれが、本当のラクリゼなのだろう。

「とにかく、マヤルは宮殿にいてもどうせ役にたたないんだから、視察ぐらいしてくれなきゃ困るんだ。カイくん、君からもよく言っておいてよ」

「コルドさまが言ってもきかないんでしょう? じゃあ私が言ったところで無駄《むだ》ですよ」

「いや、おれの小言《こごと》は挨拶《あいさつ》みたいなもんだから、あっさり聞き流されちゃうんだよ。君はなんたってマヤラータだし、不肖《ふしょう》の夫によく言ってきかせておいてくれ」

「やめてくださいよ」

カリエは露骨《ろこつ》にいやな顔をした。夫と言われると、気色《きしょく》悪い。

しかし、今のバルアンの状態に困り果てていたのは事実だったので、翌朝後宮から戻ってきたバルアンに、思い切って切り出した。

「マヤル、そろそろ基地を見に行ったほうがいいのではありませんか?」

バルアンは、なんの反応も示さなかった。カリエの顔を見もしない。ただぼんやりと、脇息《きょうそく》にもたれているだけだ。

以前ならば、どれほどだらけているように見えても、カリエが何かを尋ねれば必ずこちらを向いて答えを返した。しかし今は、ここにカリエがいることも気づいていない様子だった。

「以前マヤルは、自分が見に行かないとすぐにさぼるとおっしゃいました。あの基地にいるのは外の人間ばかりだからと。いいんですか?」

ややや語調をきつくすると、ようやくバルアンがこちらを向いた。なんて淀《よど》んだ目だろうとカリエは思った。

「あいつらなら、ちゃんとやってるだろう。ヒカイもちょくちょく行っているはずだし」

「……マヤル。できたら本当のところを教えてくれませんか」

「本当のところ?」

バルアンが怪訝《けげん》そうな顔をする。

「また周囲を騙《だま》してるんでしょう? 何か企《たくら》んでるんですよね。マヤルはいっつも、馬鹿なふりして、いろいろ準備してらっしゃるから」

「……おまえ、さりげなくひどいこと言うな」

「マヤルがひとりの女にそこまでふぬけになるとは思えません。昔なら信じたと思いますけど、今は信じられません。今度は何を考えているのですか?」

カリエは探るようにバルアンを見つめた。

「でも、たしかにたいした演技だと思いますけど、今のままじゃ、何も知らないギュイハムやナイヤがかわいそうですよ。とくにギュイハムはマヤルの御子《おこ》を宿しているっていうのに、もしものことがあったらどうするんです? 今度こそ男の子かもしれないのに」

バルアンはうんざりした様子で顔を背《そむ》けた。

「耳にタコができる」

「そりゃあ今のマヤルを見ていたら、みな同じこと言うでしょう。だから、何を企んでいるんですかってば」

「何も企んでなどいない」

「嘘《うそ》でしょう？　マヤルがなんの考えもなしに、こんな醜態《しゅうたい》をさらすとは考えられません」

バルアンは苦笑した。

「そんなにみっともないか、おれは」

「ひどいですね。ふりもたいがいにしないと、皆の心も離れてしまいますよ。ただでさえマヤルはシャイハンさまに比べて分《ぶ》が悪いし、軍は他国人の寄せ集めでしょう。マヤルが色ぼけしたなんて噂《うわさ》をたてられたら、皆シャイハンさまについてしまうかもしれません」

「そうだな。それは困るな」

心ここにあらずといった体《てい》で、彼は言った。その目は再び、ここではないところを見ていた。

カリエは猛烈に腹がたった。自分と話しているのに、もう心はちがうところにとんでいるなんて。

「いったい、ラクリゼのどこがそんなにお気に召《め》したんですか？」

このバルアンを、ここまで引きずるものは、何なのか。彼の顔に、サルベーンが重なる。彼もまた、ラクリゼのことを語るとき、いつもとはちがう表情をしていた。決して届かない何かを見ているような。そう思うと、カリエの胸に、もやもやしたものがひろがっていく。

「では尋ねるが、おまえはあの女をどう思う?」

バルアンに逆に訊き返され、カリエは面食《めんく》らった。

「え……すごく綺麗《きれい》だし強いし、命の恩人だし、やさしいし好きですけど……」

「けど?」

「……正直言うと、少し怖いです。得体《えたい》のしれないところがあるから」

思い切って言うと、バルアンは頷《うなず》いた。

「そうだな。あいつは怖い」

カリエの目が丸くなる。

「マヤルでも怖いと思うんですか?」

「怖いな。ついでに、腹が立つ」

「喧嘩《けんか》でもしたんですか」

バルアンはふきだした。

「そうじゃない。むしろ喧嘩でもできたほうがましだな。ラクリゼは明らかにおれを下に見ているから、喧嘩にもならん」

これには、カリエも本気で驚いた。

「マヤルをですか？　すごい、さすがラクリゼ。尊敬しちゃう、うわーかっこいい」

「……おまえな」

「でも、それでよくがまんしてますね。マヤルの性格なら、怒ってすぐに殺しちゃいそうなのに」

「いつも怒ってるぞ、おれは。だが相手にされない。それにあんな化け物みたいな女、どうやって殺せっていうんだ。あいつはな、エティカヤ側の一斉射撃《いっせいしゃげき》の中を単騎《たんき》で突破した女だぞ。その後に押し寄せた騎馬《きば》部隊もほぼ全滅だ」

「そんな、いくらなんでも無茶でしょう」

「その部隊を指揮していたのが、おれだ。おれが嘘をついているとでも？」

カリエは沈黙するしかなかった。

「おれははじめて、奇跡を目の当《ま》たりにした。それまでオルの存在さえろくに信じていなかったが、あの女を見て、神に守られている人間というものはたしかにいるのだと考えを改めた。あのときおれは、今あるものを全《すべ》て捧《ささ》げてもいいから、あれが欲しいと思った」

「あるものを全て捧げてもいいから……」

なんと残酷《ざんこく》な言葉だろう。宮殿の者たちが聞いたら、どう思うだろうか。しかし、こうした言葉をさらりと口にしてしまうのが、バルアンなのだ。

「……じゃあ、よかったですね。むこうから来てくれたんですから」

皮肉をこめたカリエの言葉に、バルアンはにやりと笑った。

「そういうことだ。あの宴《うたげ》の晩、ラクリゼがおれの前に現れたとき、おれは神に感謝した。あの女が自分の意志でここに来た、すなわち神意はおれに向いているのだと確信した」

「つまり、これ以上、外野が何を言っても無駄ということですね？」

「おまえもなかなか聡《さと》くなったものだ」

怒鳴りつけそうになるのを、カリエは拳《こぶし》を握って何とか耐えた。

「……それで、散歩の件は」

「もう少し暖かくなったらな。冬のムザーソは荒れる」

面倒くさそうに言って、バルアンは目を閉じてしまった。

「マヤル」

「もう下がれ」

ぴしゃりと言われて、カリエは仕方なく退出した。ラクリゼへの耽溺《たんでき》が本物にしろそうでないにしろ、とりあえず、今のところは何を言っても無駄なようだった。

＊

淡い蠟燭《ろうそく》に照らされた部屋には、濃密な香りが漂っている。後宮の妃がマヤルの愛を受けるこの部屋には、常に香《こう》が焚《た》かれている。その他にも、ここを訪れる妃たちが纏《まと》うさまざまな香、汗や体臭がまじりあい、どこか淀んだ空気をつくりだす。

「今日、カイに言われた」

バルアンの声も、どこか気怠《けだる》げな響きを帯《お》びている。彼に半《なか》ばよりかかるようにして酒を注《つ》ぐのは、麝香《じゃこう》を纏ったラクリゼだった。彼女は、バルアンのつぶやきに、伏せていた目をゆっくりとあげる。

「おれが毎晩おまえを呼び寄せるのは、何か企んでいるからではないかと」

「さようでございますか」

「それだけか」

そっけない返答に、バルアンは苦笑した。そんなことはないのでしょうと、不安そうに尋ねてくれれば可愛《かわい》げがあるものを。

「マヤルの周囲の方々が、そのように考えるのは当然のことと思います。私も、そうではないかと思っておりますけれど」

バルアンに柔《やわ》らかく身を委《ゆだ》ねるラクリゼの肌は、まだ潤《うる》んでいる。しかし、声はすでにいつもの冷ややかさを取り戻していた。

「ふん、裏があるのはおまえのほうだろう。傭兵が、今や一座の舞姫とは笑わせる」

「もう戦えるほどの力はございません。それに今は、傭兵など、世間が必要といたしませんので」

「そうかもしれんが、だからといって、こんな辺鄙《へんぴ》な土地に急に現れるとは、あまりにもおかしいではないか。ヨギナで戦ったエティカヤの人間が、おまえの顔を見忘れるはずなどないことは、承知していたはずだ。それをわざわざ飛び込んでくるとは、いい度胸だな」

「ですから、ヨギナには参《まい》らず、ムザーソを選んだのでございます。こちらには、生粋《きっすい》のエティカヤ兵はほとんどいないとうかがっておりましたので」

バルアンの口元が歪《ゆが》む。

「ほう、おれの存在は忘れていたというわけか」

「……そういうわけではございませんが」

「おれがおまえを見るなり、怒り狂ってなぶり殺しにするとは考えなかったのだな。はじめから、籠絡《ろうらく》する自信があったわけだ」

「そのような……」

再び顔を伏せたラクリゼの顎《あご》を、バルアンは乱暴に摑《つか》んだ。

「今さらしおらしいふりなどしても無駄だ、白々《しらじら》しい。ザカリアは、その気になって誘惑できぬ相手はいなかったという。タイアス大神さえも、最後の最後まで女神への憎悪《ぞうお》と愛に苦しんだというではないか」

むりやり顔を仰向《あおむ》けられたラクリゼは、苦しげに眉《まゆ》を顰《ひそ》めながら言った。

「それは女神のお話でございます。あいにく私は、色恋とは全く縁のない生活を送ってまいりました。無骨《ぶこつ》な傭兵でございましたし、むしろほとんどの男——いえ、女も、誰もかれも、私を恐れ、近づこうとしませんでした」

ラクリゼは、ひとごとのように言った。その醒《さ》めた表情が、ラクリゼが抱《かか》える圧倒的な孤独と傷を、バルアンに知らしめた。

女神の使徒《しと》は、人を誘惑して操るための武器を備えているという。ラクリゼ以外で、バルアンが知るザカール人は二人。いずれも男だが、たしかに二人とも人を惹《ひ》きつけるものをもっている。サルベーンは誰もが認める美男子だし、トルハーンも目立つ容姿に加え、凄《すさ》まじい存在感で人目を惹く。

しかし、ラクリゼは逆に、見る者を虜《とりこ》にするというよりも、畏怖《いふ》を覚えさせる。顔を隠して舞うときには艶《あで》やかにも思えるが、顔を露《あらわ》にし、微笑《ほほえ》むことなく一片《いっぺん》の甘さもない視線で見据《みす》えられたら、たいていの者は怯《ひる》んでしまうだろう。

バルアンも、例外ではない。はじめて見たときも、あまりの恐ろしさに体が動かなくなった。しかし同時に、逆らいがたい引力を感じた。自分でも不可解な、強く激しい衝動だった。それが、先日の宴《うたげ》で剣をつきつけられたときに、まざまざと甦《よみがえ》った。久しく覚えることなかった、高揚感《こうようかん》。背筋を駆け抜ける戦慄《せんりつ》と歓喜。それにつき動かされるまま、ラクリゼの手を取ってしまった。

「では、おれは例外というわけか。なぜだ？　おまえが何かの術をかけたとしか思えぬ」

「そんなことはしておりませぬ」

「どうだか。あのユリ・スカナの僧侶《そうりょ》も、カイに妙《みょう》な術をかけていたぞ。昔の記憶を引き出すとかで、いきなりギウタ語で喋《しゃべ》らせた」

「……まあ」

ラクリゼの眉が寄った。

「サルベーンのことは、おまえも知っているだろう？　おまえたちは、いったい何を企んでいる？　ロゴナでサルベーンに会い、帰ってきたらおまえがいたとは、あまりに出来過ぎているとは思わないか」

「偶然でございます。サルベーンとはたしかに共に戦ったことがありますが、ヨギナ陥落《かんらく》以来、会っておりません」

「本当か？　おまえたちは同じザカール人だろう。年の頃も同じだ。二人揃《そろ》って傭兵団にいたということは……やはり、そういう仲だったのではないか？」

思わず尋ねてしまってから、後悔した。埒《らち》もない。そんなことを訊いてどうするというのか。

「答える必要はないと存じます」

予想通りの答えだった。しかしその見下すような態度が、バルアンを刺激した。

「必要はないだと？　おまえ、自分の立場がわかっているのか。おまえは、この後宮の女奴隷のひとりだ。おれの一存で、どうにでもなるのだぞ」

怒りのままに脅《おど》してみても、そのそばから虚《むな》しさに襲われる。この女に、こんな言葉をぶつけたところで、何もならないと知っているはずなのに。

「存じております。お気に障《さわ》りましたのなら、どうぞご存分に処罰《しょばつ》なさいませ」

案の定、ラクリゼは怯《ひる》まずに言った。ひたと見つめる金の瞳に、バルアンは気圧《けお》されて、彼女の細い顎《あご》から手を離した。

「ふん。可愛げのない女だ」

どれだけ手を伸ばしても、決して心まで触れさせない。どれだけ抱いても、決して肌の下まで晒《さら》さない。

この部屋に来たときには、あのビアンでさえ甘い顔をつくるというのに、それさええない。目の前にいても、満たされるものはなく、ただ苛立《いらだ》ちが増すばかり。それなのに、なぜ彼女に会わずにはいられないのだろう。

カリエは、企みがあるのだろうと言った。そうであったなら、どんなによかっただろうと思う。また、これがザカリア女神の魔術ならば、とも思う。しかし、ラクリゼの言葉通り、そんなものなど何も仕掛けられてはいないことは知っている。

あるのはただ、自分でもわけのわからぬ情熱だけだ。会っても遠い彼女に苛立ち、それでも今日こそは何かが摑めるかもしれぬと期待してまた訪れ、失望する。その繰り返しだ。

ふと、詰《なじ》るカリエの視線を感じたような気がした。

入り口に目を向ける。もちろんそこには、誰もいなかった。

「……まあ、いい。だが、そろそろ教えてくれてもよかろう。おまえがヨギナではなく、ここに来た目的はなんだ?」

「何度も申し上げております通り、ヨギナには私の姿を見知っているエティカヤ兵が……」

「嘘だな」

ぴしゃりと、バルアンは言った。

「おまえ、以前はルトヴィアにいたそうではないか。ルトヴィアといえば、ザカール人は迫害《はくがい》されると決まっている。おまえの容姿では、外に出ることさえできまい。エティカヤ兵に見られることさえ恐れるおまえが、なぜルトヴィアなどにいた?」

「マヤルには関係のないことでございます」

「関係なくはない。言えぬなら言ってやろう。おまえは、カイをずっと監視していたのだろう」

ラクリゼは目を伏せた。

彼女は決して、甘い嘘を口にしない。同時に、必要なときにも嘘をつくことができなかった。

「やはりな。カイ——いや、カザリナをヨギナから逃がしたというのも、おまえだろう」

「なんのことでしょうか」

「今さらしらばっくれても無駄だ。サルベーンといい、おまえといい、なぜそうカイにこだわる？　あれは、ザカール人にとって何なのだ？」

ラクリゼは答えない。バルアンの顔が険《けわ》しくなった。

「おまえは忘れているようだが、カイは常におれのそばにいる。おまえは、後宮より出られない。そしておれは、しばらくカイを後宮に入れるつもりはない」

ラクリゼの手の届かぬところで、カリエに何をするのも、バルアンの自由だ。その脅《おど》しに、ラクリゼは顔をあげた。

「……おっしゃる通り、私が皇女をお連れしました。落城の日、エジュレナ皇妃は私に、皇女をヨギナの外に逃がすようにと……」

「それで？」

「その後、別の人間に託《たく》しました。ですが、やはり気になりまして、ときおり遠くから様子を探っておりました。カデーレでも……姿を現すつもりはなかったのですが、危急《ききゅう》の時でしたので」

「ほう。それで、あいつがおれのもとに来たと聞いて、慌ててやって来たというわけか。つまりこれも、〝危急の時〟なのだな?」

皮肉っぽく尋ねると、ラクリゼの目が揺れた。

「だが、いささか行動が遅いのではないか? あいつは後宮に入ってすぐ、濡《ぬ》れ衣《ぎぬ》を着せられて殺されそうになった。そのときは音沙汰《おとさた》なしで、今になってやって来るとは。それとも辺境の地のことでは、おまえの情報網にもなかなかかからぬというわけか」

ラクリゼは再び沈黙してしまった。それが、バルアンの言うとおり後手《ごて》にまわったことを恥じているのか、それとも別の思惑《おもわく》があるのかは、わからなかった。

バルアンの心に、いつものように、焦《あせ》りが増していく。また、ラクリゼがいっそう遠くなったような気がする。

逃がすものか。いや、どうやっても捕まえられるはずがない。だが、逃がしたくない。

相反《あいはん》する思いに苛立ち、バルアンは乱暴にラクリゼの手首を掴んだ。このどうにもならない痛みを癒《いや》す方法は、ひとつしかなかった。

*

ラクリゼがシャーミアになってから、二月《ふたつき》が過ぎようとしていた。

だが、いまだにバルアンは、後宮通いをやめようとしない。ここに至ってカリエも、バルアンにはなんの思惑もなく、本当にラクリゼに溺《おぼ》れているのだと思い知らざるをえなくなった。一月前までは愚痴《ぐち》っていたコルドも、「こうなったらもう、ほとぼりがさめるまでほっとくしかない」と匙《さじ》を投げてしまった。

男が、とくにそれなりの地位にある人間が、ここまであからさまに恋に走るのを見るのは、はじめてだった。情けないやら腹立たしいやらで、カリエの頭の中は混乱していた。しかもその怒りが、ナイヤたちを思っての義憤《ぎふん》と、マヤルとしてのつとめも果たさないバルアンへの怒りと、彼を変えたラクリゼへの怒りがごっちゃになっているので、自分でもわけがわからなくなっていた。

今のカリエにできることは、何も見ないふりをして小姓のつとめを果たすことだけだった。よけいなことを考えないように、少しでも時間があけば、自主的に武術の訓練を行った。基地に行っていた頃は、騎馬戦における剣の使いかたや、いろいろな銃器《じゅうき》の扱い方を習ったが、一人ではそうはいかない。それでも何もしないよりはましだからと、自分の部屋や庭の片隅で、ひそかに剣の練習を続けた。

そうしているうちにムイクルが気がついて、時折つきあってくれるようになった。ムイクルはさすがに長年バルアンに仕えているだけあって、剣の腕は相当なものだった。教え方は厳しかったが、小姓の仕事を教えてくれたときに時々感じた、ぞっとするような冷たさはなかった。彼もまた、ラクリゼのことで心を痛めているのだろう。ラクリゼに関して二人はとくに話を交わしはしなかったが、同じ小姓として気持ちは痛いほどわかる。それが、ふしぎな連帯感と親しみを抱かせた。

しかし、せっかく近づいた距離を再び引き離す情報が、インダリにやって来た。

それは今から三カ月前、バルアンその人が、タイアークで放ったものだった。

――マヤル・バルアンは、ギウタ皇女カザリナをマヤラータに娶《めと》った。

インダリ宮は、もちろん大変な騒ぎになった。

バルアンのもとには次々と説明を求める人が押し寄せたが、コルドやムイクルがなんとか追い払った。しかし、さすがにバルアン付きの導師ばかりは、追い返すことができなかったらしい。

「マヤル、聞きましたぞ！　マヤラータとは、いったいどういうことですか！」

彼はムイクルの案内も待たず、バルアンの執務《しつむ》用の部屋に飛び込んできた。温厚で知られる彼が、ここまで声を荒らげるのは珍しい。

執務とはいっても名ばかりで、いつものように寝っころがって地図を眺めていたバルアンは、導師を見て「……思ったよりも早かったな」とつぶやいた。

「説明を、マヤル。戴冠《たいかん》式にはマヤラータを伴って出席されたというではありませんか。ですがインダリを発たれるとき、伴っていらした妃はラハジル・ビアンだけだったはず。よもや、ラハジルをマヤラータと紹介されたのではございませんな？」

「そんなことはしていないぞ。ラハジルひとりを贔屓《ひいき》したら、ジィキに悪いではないか。それにギュイハムももうすぐラハジルになることだし」

「ではいったいどなたが?」

「こいつ」

バルアンは、背後に控えていたカリエを指さした。導師はもちろん、入り口のところに座っているムイクルまでもが、目を剝《む》いてカリエを見た。

カリエはもう少しで、バルアンの後頭部を殴りつけるところだった。導師が血相《けっそう》を変えてとびこんできたときから生きた心地はしなかったが、バルアンがうまくごまかしてくれるだろうと思っていたのだ。それが「こいつ」とは。

「……マヤル、私は今、冗談を聞いている余裕はないのです」

導師は押し殺した声で言った。

「冗談ではないぞ。今まで黙っていたが、実はこいつは女で、カザリナ皇女だ。導師は、シャーミア・ギュイハム毒殺の疑いをかけられた女奴隷が後宮から逃亡し、処刑されたのを覚えているか」

「ええ、たしか魔にとりつかれた娘だとかで、マヤルみずから砂漠で処刑を――まさか」

導師の顔が、さっと強《こわ》ばった。

「そう、その娘がこのカイだ。はじめから彼女がカザリナ皇女だというのはわかっていたのだが、命を狙《ねら》われているので、素姓《すじょう》を隠してコルドからの献上《けんじょう》奴隷ということで後宮に入ってもらった。だが安全なはずの後宮にもすでに刺客《しかく》が送られていてだな、こうなったら一度死んだことにして後宮から出し、小姓としておれのそばにいるのが確実だということで、皇女に一芝居うっていただいたのだ」

導師とムイクルはあぜんとした。もちろんカリエも絶句したが、バルアンに「そうだったな、マヤラータ」と言われ、反射的に頷いてしまった。

「……それはその…にわかには信じがたいのですが」

導師は汗を拭《ふ》きながら言った。信じがたいもなにも大嘘だよ、とカリエは怒鳴りたかった。このマヤルは、色ボケしていても、突飛《とっぴ》な嘘をもっともらしく口にできるところは変わっていないらしい。

「まあ信じられないのも無理はない。ことがことなので、ごく一部の人間にしか知らせてはいなかったのでな。導師にまで黙っていたのは気が引けたのだが、やはりおれがマヤラータを娶《めと》るとなると、導師は宗教庁《しゅうきょうちょう》に婚礼の報告をせねばならないだろう？　それは困るし、かといって神につかえる導師に口止めをするのは悪いし、悩んだあげく今まで黙っていたのだ」

「それはお気を遣《つか》わせてしまいましたな。ですがこのような形で知るぐらいならば、事前に教えていただきたかった。せめてタイアークに発《た》つ前にでも言ってくだされば、すぐにでも婚礼を執《と》り行ったものを。マヤル、あなたは偽証《ぎしょう》の罪を犯したことになるのですぞ」

「申し訳ない。それは心から反省している」

「では一刻もはやく、婚礼を」

「いや、それはしばらく待ってもらいたい」

バルアンの口調がとたんに歯切れの悪いものになる。反対に導師は、強気になった。

「新帝の戴冠式で公表されたということは、もう危険は去ったということなのでございましょう。ならばなんの問題もないではございませんか」

「それはそうなのだが、肝心の皇女がな。カイはまだオル教に改宗《かいしゅう》していないし」

「ならばすぐにでも改宗されればよい。他の妃ならばともかく、マヤラータが異教徒というのは、さすがに外聞が悪い」

「だが皇女は、後宮に戻りたくないそうだぞ。どうだカイ」

それまで茫然と二人のやりとりを聞いていたカリエは、慌てて悲しげな顔をつくった。

「はい。マヤルと離れて後宮に戻るのは、恐ろしいです」

我《われ》ながら、とっさの嘘がうまくなったものだ。これもバルアンのおかげだろう。

なにも知らない導師は、顔をくもらせた。

「……それはご同情申し上げるが、やはりこればかりは……」

「導師、何もずっとこのままと言っているわけではない。しばらく猶予《ゆうよ》が欲しいのだ。対外的にはマヤラータを公表してもよい時期ではあるが、後宮の中にはまだ不安が多い。そちらが落ち着いてはじめて、名実ともに夫婦となり、マヤラータを後宮に戻す。それで妥協《だきょう》してくれないだろうか」

「いや、しかし…」

導師は困ったように眉を寄せた。

バルアンがもう一押しとばかりに口を開きかけたとき、入り口近くに座っていたムイクルが、急に立ち上がった。

「失礼いたしますマヤル、ただいま後宮より伝達が」

「後宮から？　なんだ」

ムイクルは、どこか申し訳なさそうに言った。

「シャーミア・ギュイハムの出産がはじまったようにございます」

＊

マヤラータの噂《うわさ》は、その日のうちに後宮にも届いていた。

後宮の騒ぎは、表の宮殿のそれよりもさらに大きく、深刻なものだった。バルアンの乳母パージエは、とにかく臨月《りんげつ》間近のシャーミア・ギュイハムにだけは知られぬよう箝口令《かんこうれい》をしいたが、すでに遅かった。出産を呪《のろ》う他のシャーミアが、わざわざギュイハムのもとに出向いて、ぺらぺらと喋ってしまったのだ。

しかしギュイハムは、「まあ、それは大変」と無表情に返しただけだったので、シャーミアは白けて帰ってしまった。

「…ふん、ばかな女。そんなことで、あたしの子供が殺せるとでも思っているのかしら」

ギュイハムは、大きく膨《ふく》らんだお腹をさすりながらつぶやいた。その顔つきは、いつもとまったく変わらない。侍女たちは主《あるじ》の豪胆《ごうたん》さに感心したが、ギュイハムも表面上ほど落ち着いているわけではなかった。

思えば、妊娠してからろくなことがない。

まずいきなりヘーガを飲まされ、流産の危機にさらされた。なんとかやり過ごしたと思ったら、バルアンはルトヴィア新帝の戴冠式に出席するとかで二カ月にわたって宮殿を留守にした。やっと帰ってきたと安堵《あんど》していたら、なんと新しいシャーミアが二人もやって来た。そのうちの一人は、ギュイハムもよく知るカリエの「友達」だった少女で、それだけでも不快になったのに、もう一人の姿を見たとき、ギュイハムは全身に鳥肌をたてるはめになった。ラクリゼは、見たこともないほど美しく、不吉な女だった。災《わざわ》いをもたらすザカール人。彼女はたしかに、大きな災いをもたらした。バルアンの心を、独り占めしてしまったからだ。

それでもギュイハムは、平静を保つよう努めていた。今は、ぶじに子供を産むのが最優先。そうすればラハジルになれるし、もし男児ならば、いずれはマヤラータにもなれるかもしれない。その希望が、ギュイハムを支えていた。

(でも、マヤラータがすでにいたなんて……)

ギュイハムは、美しく整えられた爪《つめ》を噛《か》んだ。

さきほどのシャーミアの話によると、マヤラータはギウタ皇国最後の皇女カザリナだという。歳《とし》は、ギュイハムとほぼ同じ。

『でもマヤラータは、この後宮にはいらっしゃらないのですって。亡国の姫だけに狙われることも多くて、マヤルが後宮に入れることを心配されたそうですわ。それで今は、側近《そっきん》の殿方のいずれかの屋敷に預けていらっしゃるとか。異例のことですわ。マヤルはほんとうにマヤラータを大事に思っていらっしゃいますのねえ』

ギュイハムより三歳ほど年上のシャーミアは、美しい顔に勝ち誇ったような笑みを浮かべて言った。

『けれどルトヴィアでの戴冠式には、マヤラータを伴っていかれたそうですわ。側近たちの一部しか、知らなかったのですって。今もマヤラータがどちらに隠れていらっしゃるのかわからないそうですけれど、頃合いを見計らって、後宮に移されるそうですわ。今はラハジル・ビアンもいらっしゃらなくて後宮も寂しいですけれど、マヤラータがいらっしゃれば、また賑《にぎ》やかになって良いですわねえ』

もうおまえの立場などないのだと言わんばかりの口調だった。愚《おろ》かな女だ。立場がないのは自分も同じなのに、自分よりも少しでも上に行こうとする者の足を全力で引っ張ろうとする。

ギュイハムは、シャーミアの一見美しい笑顔を思いだし、眉を寄せた。

「マヤラータについての情報が欲しいわ。おまえたち、何か知ってはいない？」

ギュイハムの視線に、侍女たちは困ったように顔を見合わせた。

「いいえ……なにしろわたくしたちも、さきほど耳にしたばかりですので」

「そう…困ったわね」

彼女がため息をついたのと、侍女のひとりが「あ、そうですわ」と明るい声をあげたのが、ほぼ同時だった。

「たしかシャーミア・ナイヤは、マヤルのタイアーク行きに同行したはずでは？　マヤラータ・カザリナも戴冠式に出席したというならば、シャーミア・ナイヤもなにか知っているのではございませんか？」

侍女の言葉に、部屋はわいた。ギュイハムも微笑んで頷いた。

「そうね。誰か、シャーミア・ナイヤをここへ」

侍女が数名、すぐに立ち上がって出て行った。

しかし、彼女たちはなかなか帰ってこなかった。おそらく誰もが、ギュイハムたちと同じことを考え、ナイヤのもとに殺到しているのにちがいなかった。

結局ナイヤがやって来たのは、夕餉《ゆうげ》の後だった。

ギュイハムが彼女と会うのは、じつに久しぶりのことだった。以前ムハルで会ったときには、肉感的な美少女だと思ったが、今日ギュイハムの前に現れた彼女は、ずいぶんと窶《やつ》れていた。

ビアンの侍女からシャーミアに昇格した矢先に、ラクリゼとマヤラータというあまりに強力な敵と遭遇《そうぐう》してしまった不運な娘。しかもナイヤは、バルアンを本気で愛している。それが、不幸を倍にした。

（愚かな娘）

ギュイハムは心の中で嘲《あざけ》った。

あんな野蛮《やばん》な男を愛して、自分をよけいに追い詰めるなんて。ただ後宮の庇護《ひご》者として、適当にもちあげてやればよいものを。さすが、後先も考えずに、カリエなどと親しくしていただけはある。

侮蔑《ぶべつ》を押し隠し、ギュイハムは優雅に微笑んだ。

「ごきげんよう、シャーミア・ナイヤ。お呼びたてして、ごめんなさい」

「こちらこそ、遅くなってごめんなさい。パージエさまに呼ばれていたもので」

答えるナイヤも、かつてギュイハムに示した敵意など微塵《みじん》も見せなかった。

「そうではないかと思っていたわ。マヤラータのことを訊かれたのでしょう」

「ええ」

「あたしにも話してくれないかしら。待っていれば、いずれはここにも情報が届くとは思うけれど、侍女たちがあたしの体を気遣って、隠すかもしれないから」

「……でも」

ナイヤの目が、大きく膨らんだギュイハムの腹部に注がれる。そこには気遣う色と、妬《ねた》みの色があった。ギュイハムはうっすらと笑った。

「大丈夫よ、子供はいたって順調。シャーミア・ラクリゼが来たときも、あたしはあなたたちのように衝撃を受けたりしなかったもの。マヤルが誰を寵愛しようが、今のあたしには関係ないわ。男の子を産めば、マヤルはきっとまたあたしのところに戻ってきてくれるもの」

ナイヤの顔が、さっと強ばった。それまで疲労の仮面に隠されていた嫉妬が、黒い両眼に一気に燃え上がる。

「そう。でも今回はあなたも、きっとびっくりするわよ。マヤラータはね、あなたもよく知っている娘なんだから」

「あたしがよく知っている娘？」

ギュイハムは怪訝《けげん》そうに眉を寄せた。

ナイヤの顔に、残酷な匂いのする笑みがひろがる。

「そう。あなたと一緒に後宮にあがったカリエよ」

空気が凍った。

カリエの名前は、後宮では禁忌《きんき》となっている。禍《わざわい》の神に魅入《みい》られた、魔の娘。名を唱《とな》えるだけで、オルの怒りを買うかもしれない。

「……ばかなことを言わないで。カリエは、死んだのよ」

ギュイハムはかすれた声で言った。

マヤルの子を宿した彼女が、忌《い》まわしい名を口にしたために、侍女たちは青ざめてオルに許しを乞《こ》うた。

「死んでないわ。あなたも知ってるでしょ、カリエは脱走してマヤルに処刑された。でもほんとは処刑なんてされてないの。マヤルに気に入られて、ずっと小姓としておそばにつかえていたのよ」

ギュイハムの緑の目が、大きく見開かれた。

小姓。それはマヤルのもっとも近いところにいる存在。少年といえども、時には後宮の妃と寵を競うこともある。

「あたしもタイアークへの旅の途中で知って、そりゃあ驚いたわ。カリエからいろいろと話を聞いたけど、ほんとうにずっとマヤルと一緒にいるのよね。つまりマヤルが後宮にいらっしゃる時以外は、常にカリエがそばにいるってことなのよ。あたしもずいぶんと妬《や》いたわ。それにロゴナ宮では、カリエはすごく素敵なドレスを着て、見違えるように綺麗《きれい》になって、マヤルに手をとられて戴冠式にむかったのよ。あなたには、想像もつかないでしょうけど」

ギュイハムは首をふった。

とてもではないが信じられない。信じたくない。

「くだらないわ。あたしを動揺させようと思って、そんなでまかせを…」

「でまかせなんかじゃないわ。あたし、ずっと知ってたの。でもマヤルに口止めされてたから、黙っていただけよ」

バルアンと秘密を共有していたことを誇るように、ナイヤは言った。彼女の声は、まるで剣のようだった。ただ聞いているだけで、ギュイハムの肌はびりびりと痛み、頭が悲鳴をあげた。

今や彼女の顔は蒼白《そうはく》だった。侍女が立ち上がり、ナイヤにやんわりと退室を促《うなが》した。ナイヤは「それじゃお大事にね」と言って、出て行った。しかしその声は、もはやギュイハムの耳には届いていなかった。

——カリエが、マヤラータ。

死んだはずだった。自分との勝負に敗れ、永遠に舞台から退場したはずだった。

彼女が自分にヘーガを盛《も》ったと聞いた時には、信じられなかった。そんな愚かな、すぐに足がつくようなことをする娘だと思っていなかったから。処刑されたと聞いたときには、バルアンを恨《うら》んだほどだ。どうしてこんなにあっさり殺してしまうのか。カリエには、もっともっと苦しんでもらわねばならなかったのに。

それでも、おなかの子供が成長するにつれ、カリエのことは忘れていった。やはり、死んだ者よりも、これから生まれてくる者のほうが重要だ。妊娠した当初はただ気分が悪いだけで、むしろ子供など疎《うと》ましいだけだったが、ふしぎなことに日に日に愛着が増していった。これは、自分の血をわけた存在。失った家族の、生まれ変わり。新しい家族。そしてバルアンとの確かな絆《きずな》だ。これからの生活の全ての基盤になるもの、それがこの子供。だからギュイハムは、全ての神経を子供に注いだ。それまで彼女を支えていたカリエやエディアルドへの憎しみは、もう必要ないと捨て去ろうとした。

それなのに、今になってこんなことが。

カリエは生きていた。

そしてまた、全てを壊そうとしている。

サジェが親からもらった名前を捨て、シャーミア・ギュイハムとして新たに得ようとしたものを、再び根こそぎ破壊しようとしているのだ。

「どうして……」

ギュイハムはかすれた声でつぶやいた。頭が痛い。体が震える。

どうしてですか、オルよ。あたしはタイアス大神に見捨てられたから、あなたに縋《すが》った。でもあなたもあたしを、嫌うのですか。あなたも、あの娘を選ぶのですか。

それともこれは、あたしが彼女に犯した裏切りの罪に対する、罰ですか。

では、クアヒナを荒れさせ、家族を飢《う》えさせ、あたしを罪に追い立てたバルアンは？　そして神よ、あなたに非はないというのですか。

なぜあたしばかりが、こんなに奪われ続けなくてはならないのですか。

「なぜです、神よ――！」

耐えきれず、ギュイハムは大声で神を呪った。

その途端、腹部に凄《すさ》まじい痛みが走った。

「あぁ！」

ギュイハムは絶叫し、崩れ落ちた。激痛は腹部から腰へと一気にひろがり、全身を痺《しび》れさせる。目の前が真っ赤になり、息が苦しくなってきた。

「シャーミア！　お気をたしかに！」

「はやく医師を！」

侍女たちの声が、ひどく遠く聞こえる。

全ての感覚が、遠ざかっていく――

鳥が翔《と》んでいる。

それも、とてつもなく大きな鳥が。

大きな羽音に、ギュイハムは目を覚ました。

（このムザーソに、こんな大きな鳥がいるなんて……）

それも、後宮にいてこんなにはっきりと羽音が聴こえるとは。その姿を見てみたくて、ギュイハムはゆっくりと瞼《まぶた》を開いた。

そして息を呑《の》む。

よく聴こえるはずだ。鳥は今まさに、ギュイハムの目の前に舞い降りようとしていた。

純白の、巨大な鳥だった。しかも、片方の翼《つばさ》しかない。それなのに飛べるなんて。ギュイハムは驚きまじりに感心した。だが次の瞬間、鳥の背中からふわりと人が舞い降りたのを見て、さらに驚いた。

「……あなたは」

ギュイハムは呻《うめ》いた。

美しい鳥から降りてきたのは、さらに美しい女だった。純白の鳥と、黒く輝く肌をもつ女。目も眩《くら》むような鮮やかな対比は、同時にひどく不吉だった。

しかもギュイハムは、その女を知っていた。実際に見たのは、一度だけ。だが、忘れるはずがない。その完璧な美貌《びぼう》、金の瞳。

「怯《おび》えずともよい、シャーミア・ギュイハム。……いや、サジェと呼ぶべきか」

ラクリゼは、凜《りん》とした声で言った。ギュイハムは目を見開く。なぜこの女が、その名を知っているのか。

「苦しいだろう。痛いだろう。おまえの痛みは、私にもよくわかる」

そう言われた途端、再び腹部に剣をつきたてられたような痛みを感じた。サジェは再び絶叫し、ころげまわった。目を固く瞑《つぶ》り、必死に耐えるが、とても我慢できるものではない。気が触れそうな痛みだった。

「この痛みは新しい命の代価。でも中には、苦しむだけ苦しんで、命が実を結ばぬ虚《むな》しさを味わう女もいる……」

憐《あわ》れむような声が聞こえる。しかしサジェにはどうでもいいことだった。とにかく、この凄まじい苦痛から解放されたい。その一念しかなかった。

「かわいそうに。今、楽にしてやろう」

ラクリゼの声が近くなる。腹部に、何かが触れた。その瞬間、急に痛みが引いた。

目を開いたギュイハムは、そのまま凍りついた。

ラクリゼが、小さな赤ん坊を抱いていた。

あれは私の子供だ。ギュイハムは、本能的に理解した。

「返して！」

「駄目だ。すでに、女神に捧《ささ》げられた」

ラクリゼの腕から、赤ん坊がふわりと浮く。そのまま宙を漂い、ラクリゼの背後に控えている大きな鳥の背中におさまった。

ギュイハムは、その鳥が何かをようやく知った。

隻翼《せきよく》の、神鳥。ザカリア女神の忠実な僕《しもべ》、リシクだ。

「やめて！　なぜあたしの子を邪神《じゃしん》に捧げなくてはならないの！　返して！」

「それはできない」

「どうして⁉」

「この子は、この世に生まれることはない。おまえに授けられたときから、贄《にえ》となることが、決まっていた」

「ばかなことを言わないで！　その子はあたしの全てなのよ。あたしの唯一《ゆいいつ》の、家族なのよ。その子がいなくなったら、あたしは生きていけない！」

ラクリゼは憐れむように目を細めた。

「安心しろ、サジェ。おまえも一緒に、女神に捧げられる」

ギュイハムは愕然《がくぜん》とした。

「……なんですって」

「自分の体を見るがいい」

促されるまま体を見下ろしたギュイハムは、再び声をあげた。

両足が血にまみれていた。血はとどまるところを知らず、足下に溜《た》まり、ひろがっていく。

ギュイハムはこれ以上血を流さないように、泣きながら手で押さえた。しかしそんなものは、何もならない。押さえるそばから血は溢《あふ》れ、手を濡《ぬ》らしていく。

「いや……いやよ、どうして…？　お願い、この血を止めてよ！」

ギュイハムは泣き濡《ぬ》らした目でラクリゼを見た。しかし、美しい女は静かに首をふった。

「死は避けられない。おまえの役目は終わったのだから」

「役目？」

「おまえの裏切りがあったからこそ、あの娘はこの地に来た。そしてマヤル・バルアンと出逢った」

あの娘。

それが誰をさすのか、ギュイハムにはすぐにわかった。

「おまえに与えられた役目は、あの娘と砂漠の覇王《はおう》を繋《つな》ぐこと。おまえはそれをみごとに果たした」

「ばかにしないで……そんな、勝手に…！」

「完全に決められていたわけではない。おまえは、選ぶこともできた。あの娘がおまえのもとを訪れたとき、おまえが奴隷商人に彼女を売るようなことをしなければ、おまえの人生も変わっていたはずだ」

ギュイハムは目を瞠《みは》った。

「我らの女神、タイアス神、そして白き神オル。全ての神が、おまえに手を差し伸べていた。

誰に対してもそうであるように。どの手をとるかは、人間次第。おまえは最終的に、女神の手をとったのだ」

「嘘よ！　あたしはザカリアなんて信じていない！　そんな邪神を呼んだ覚えなどない！　こんなひどいものしか与えてくれない神なんか――」

「神は慈悲《じひ》深いが、同時に人の想像など及びもつかないほど残酷なものだ」

ラクリゼはそっけなく言った。

「サジェよ、おまえはよくやった。カリエをここに運ぶために、おまえはあまりに大きな代価を支払った。もう疲れただろう。女神も憐れんでいらっしゃる、その大いなる懐《ふところ》で休むといい」

ラクリゼの手が再び伸びてくる。触れられたら、死ぬ。直感したサジェは、必死にあとじさった。

「触らないで！」

「……苦しいはずだ。楽になりたくないのか」

たしかに、苦しかった。血は止まることを知らず、動くだけで激しく息がきれる。放っておいても自分は死ぬだろう。それはわかった。

「苦しいわ……でも、あんたの手なんか借りない！」

サジェは霞《かす》む目でラクリゼを睨みつけた。

あたしは、あたしだ。女神だかなんだか知らないが、ただカリエを運ぶためだけに利用して、役目が終わったから死ねだなんて――そんな無茶苦茶な道理《どうり》をおしつけられるいわれはない。

「あたしは、死ぬときだってひとりで死ぬわ！　もう人に利用されるのはまっぴらよ！」

力をふりしぼって叫ぶと、急速にラクリゼの姿が薄くなりだした。

赤子を乗せたリシクの姿も消えていく。

やがてあたりは完全な闇《やみ》に包まれた。

次に視界が開けたとき、そこにはまた人の顔があった。

まだラクリゼがいたのかと身構えたが、次第に目が馴れてくると、違うことがわかった。

がっしりとした顎《あご》。赤銅色《しゃくどういろ》の肌。大きな黒い瞳。

「気がついたか、ギュイハム」

頼もしい、低い声音。ここ久しく聞くことのなかったもの。

ギュイハムは信じられなくて、まじまじとその顔を見上げた。

「………マヤル…？」

「そうだ。よく頑張ったな。痛かっただろう」

バルアンの無骨《ぶこつ》な手が、額にはりついた髪をそっと払う。

その労《いたわ》るような動作と、やさしい口調に、ギュイハムは悟った。

――出産は、失敗したのだ。

「あ……」

絶望に押し潰《つぶ》されそうだった。さきほどの奇妙な光景は、ただの夢などではなかったのだ。

我が子は、この世に生まれいでることなく、捧げられてしまったのだ。それも、ザカリアという邪神に。

「……も……うしわけございません……。大事なマヤルの御子を……」

ギュイハムは必死に声を絞り出した。バルアンは、かまわないというように、首をふった。

それが悲しい。労らないでほしかった。ギュイハムは、おのれを叱咤《しった》するように言った。

「ですが次こそは健《すこ》やかな御子を……必ずや、カリエよりも先に……！」

「…そうだな」

バルアンは頷いた。不自然なやさしさ。彼は、ただ労るように――安らかに逝《ゆ》けるように、見守るだけなのだ。

視線をさまよわせてみれば、バルアンの背後で、侍女たちが泣いている。

なんて忌々《いまいま》しいのだろう。誰もがもう、自分は死ぬものだと決めつけている。ギュイハムは無念のあまり涙を零《こぼ》した。

「……マヤル、お願いがございますの……」

「なんだ？　なんなりと申してみよ」

「マヤラータと、会わせてくださいませ」

バルアンの目がわずかに見開かれた。

「お願いします……どうか、会わせてください」

「しかし……」

バルアンに縋《すが》るように、その手を握る。

「わたくしはまた、何もかも失いました。でもひとつだけ、残っているものがあります。どうか、マヤル。わたくしの……最後の、お願いでございます」

バルアンは痛ましげに目を細め、ギュイハムの手を強く握った。

＊

後宮と表を繋《つな》ぐ門の前で、カリエはうろうろと歩き回っていた。

シャーミア・ギュイハムが、予定より一月以上もはやく出産に入ったとの報告が入ったのは、半日前。ギュイハムとカリエは、たいして歳《とし》が変わらない。若いうちの出産は、危険が多いという。後宮のように万全な体制を整えているところでも、それは同じだ。

そして先ほどとうとう、男児死産、母体も危篤《きとく》状態という報告が届けられた。バルアンはすぐに後宮に向かった。

カリエはただ、待つことしかできない。ここで、ギュイハムを助けてくださいと神に祈るしかない。

はじめはタイアス大神に祈っていたが、もしかしたらオルに祈ったほうがいいのかもしれないと思い直した。ギュイハムは、オル教徒なのだから。

「お願いします、オルよ。どうかギュイハムを、連れていかないでください」

カリエは必死に祈った。

正直言って、昔はギュイハムの子供なんか生まれてこなければいいと思っていた。裏切りを知った時は本気で憎んだものだし、彼女がラハジルになってしまったら、カリエやエディアルドに復讐するのは間違いなかった。

しかし本当に子供が死んでしまって、その上ギュイハムまでが逝こうとしているなんて。

カリエは、過去の自分が抱いた恐ろしい願いを呪い、オルに許しを乞《こ》い、ギュイハムへの慈悲を願った。

後宮のほうから、荒々しい足音が近づき、カリエは顔をあげた。後宮の廊下《ろうか》をこんなふうに歩く人間は、ひとりしかいない。案の定、バルアンが姿を現した。

「マヤル！　ギュイハムは——」

「おまえを呼んでいる。すぐに支度をして来い」

珍しく急《せ》いた口調で、彼は言った。

「マ、マ、マヤラータを呼んでいるんだ。急げ」

「え……でも私は」

彼の言わんとしていることを合点し、カリエはすぐにコルドのもとに走った。彼のもとには、バルアンが後宮の妃たちに贈る布や宝石が集められている。

事情を話すとコルドはすぐに服を出してくれた。着替えた上から、大きなマントを羽織《はお》って肌を隠し、カリエは後宮の門へと走った。そこでヴェールを被《かぶ》り、口元もしっかりと覆ってから、バルアンとともに後宮に足を踏み入れた。

ここに来るのは、久しぶりだった。後宮で生活していたのは、もう何年も昔のような気がするが、よく考えてみれば、小姓になってまだ一年も経《た》っていないのだ。あまりにも多くのことがありすぎて、その何倍も年を重ねたような気がしてしまう。

シャーミア・ギュイハムたっての願いで、マヤラータが後宮にやって来るというのは、すでに知れ渡っているらしい。女たちは、回廊《かいろう》に出てひれ伏して二人を迎えた。彼女たちは顔をあげることはできないが、全神経をカリエに向けていることは痛いほど感じられた。カリエは口元を覆うヴェールを強く押さえつけた。

後宮の南側は、シャーミアたちの部屋が集まる場所だ。ギュイハムの部屋は、すぐにわかった。侍女たちが泣き濡れた顔で、外に出ていたからだ。

カリエの姿を見て、侍女たちは恐怖と憎悪《ぞうお》に顔をひきつらせた。しかし口に出しては何も言わず、中に通してくれた。

豪奢《ごうしゃ》な寝所《しんじょ》に、ギュイハムは横たわっていた。

その姿を見た途端、カリエは泣きそうになった。バルアンを迎えるため、ギュイハムは美しく化粧を施《ほどこ》されていたが、死相《しそう》は隠しようがなかった。

ギュイハムはゆっくりと顔を動かした。その目はバルアンをとびこえ、まっすぐカリエをとらえた。

「……よく来てくださいましたわ、マヤラータ……」

赤い唇から、かぼそい声が零れた。なんとか腕を伸ばそうとしているのを見て、カリエは前に出て、ギュイハムの傍《かたわ》らに膝をついた。

ギュイハムは、何かを訴えるようにバルアンを見た。カリエがふりむくと、バルアンは頷き、侍女たちを促して部屋から出て行った。あんな神妙な顔をしている彼を見るのは、はじめてかもしれない。

「顔を……見せてちょうだい、カリエ」

乞われるままに、カリエはヴェールを取った。

「髪……ずいぶんと伸びたのね……。背も伸びたわ。入ってきたとき、びっくりした……」

ギュイハムは緑の目を潤《うる》ませて言った。まるで、懐かしい友を見るようなやさしい視線に、カリエは戸惑《とまど》う。

「そ、そうかな。自分ではよくわからないけど」

「あたしと後宮に来たときは、ほんとに子供だったのに……」

ギュイハムの手が、そっとカリエの頬に添えられた。

しかし次の瞬間、彼女は強く爪をたてた。

「……なのにあんたが、今じゃマヤラータだなんて……！」

呻くような声と、頬を走る痛みに、カリエはただ体を強ばらせることしかできなかった。

「あたしは死ぬっていうのに。子供も失って、自分まで失わなきゃならないっていうのに、あんたはこれからここで、大事に大事にかしずかれて生きていくっていうの。なんで、あんたばっかり――」

激しい罵倒《ばとう》の言葉が、ふいに途切れた。ギュイハムの顔が苦悶《くもん》に歪《ゆが》む。もがく腕に、カリエはとっさに手を伸ばした。

しかし指先が触れた途端、おそろしい力ではねのけられる。

「触らないで！」

「ギュイハム、駄目よ、落ち着いて。興奮したら、体が――」

「あたしの名前はサジェよ！」

血を吐くような叫びとともに、彼女は半身を起こした。

「冗談じゃないわ……あんたなんかのために、あたしがいていいもんか！　あたしが裏切ったのは、あんたのためだなんて……そんなの……！」

カリエは面食らった。ギュイハムの言っていることが、さっぱりわからない。だが、彼女の目は明らかに正気ではなかった。意味を求めても無駄なのだろう。

「言ってよ、カリエ。あんたは、あたしを憎んだわよね？」

ふいに、サジェの声が低く沈んだ。

「え……」

見れば、血走った目が、カリエを食い入るように見つめている。触らないでと言ったにもかかわらず、サジェの指は、カリエの腕を強く摑んでいた。

「あたしがあんたを憎んだように、あんたも自分を裏切ったあたしを憎み続けたわよね？　それで、あたしの子供が死んで生まれて、あたしが死にかけているのを見て、ざまあみろと思ってるでしょ？」

「サジェ、あたしはそんな」

「思ってるでしょう⁉　思ってるはずよ！」

念を押すように、彼女の指が肌に食い込む。痛みに、カリエは顔を歪めた。

「でも残念ね、あたしは死なないわ。あたしが死ぬことを選んでいないからよ。あたしは……あたしはいつも、自分で選んできたわ。だから絶対に、利用されたんじゃない。あたしが望んで、ここに来たのよ。だから、あたしは、負けない」

サジェは、思いついたままを言葉にしているようだった。

カリエはただ、苦痛に苛まれながらもなんとかして吐き出そうとしている彼女の想いを、黙って受け止めるしかなかった。

「カリエ、あたしは必ずまたマヤルの御子を産むわ。あんたよりも先に、必ず。そしてあんたを今度こそ蹴落《けお》としてやる……あたしが、いつか必ずマヤラータに……」

荒くなっていく呼吸に、言葉は呑《の》まれていく。カリエを見据《みす》える瞳からも、異様な輝きが消え始めた。

不安そうに、サジェは視線をさまよわせる。

「……どこに…隠れたのよカリエ……？」

もう見えないのだ。カリエはたまらなくなって、サジェを抱きしめた。

「隠れてないわ。ここにいる。すぐそばにいるじゃない！」

しかし、サジェにはもう声も届かないようだった。彼女は苦しげに、それでも必死にカリエの姿を探そうとしていた。

「あたしが怖いのね……？　ばかね、隠れても…無駄よ。あたしは……絶対にあんたを……」

「もう喋《しゃべ》らないで。今、マヤルを呼んでくるから！」

「……あんたを……見……」

ふいに、声が途切れた。腕に凭《もた》れていた体から、力が抜ける。金色の頭がゆっくりと傾《かし》いで、カリエの肩に落ちた。

耳元で、柔らかい髪が流れる音がした。それはなぜか、鳥の羽音に似ていた。大きな鳥が、ここから飛び立ったような音——


「……サジェ」


震えながら名を呼んだ。

答えはない。ないことは、わかっていた。サジェはもう、ぴくりとも動かない。彼女がつけた頬と腕の傷は今も血を滲《にじ》ませているというのに、サジェの手は力なく投げ出されたままだ。あれほど激しく罵《ののし》っていた口は、もう小さな吐息《といき》ひとつ零《こぼ》さない。

そして、誰よりもカリエを憎み、拒んでいたはずの体は、まるで幼い子供が母に抱かれるように、ただ安らかにカリエの腕の中にいる。

唐突《とうとつ》に、カリエは自分でも制御できない怒りにとらわれた。

サジェの体をかたく抱きしめ、悲鳴をあげた。

自分でも、なぜ叫んでいるのかがわからない。悲しみなのか、怒りなのか、恐怖なのか、それさえもわからない。ただ体の奥底から突き上げてくる、激しい感情の奔流《ほんりゅう》が、獣《けもの》のように声をあげさせた。

その凄まじい咆哮《ほうこう》に、バルアンや侍女たちが飛び込んできた。

彼らは一目見て、何が起きたか理解したようだった。バルアンは一瞬立ち竦《すく》み、侍女の中にはその場に泣き崩れる者もいた。

カリエは声を止めることができなかった。凶暴な獣が、彼女の中で暴れている。

「落ち着け、カイ」

バルアンの手が肩に触れた。カリエは思い切りその手を振り払い、睨《にら》みつけた。

サジェは、バルアンを見なかった。彼女が最期《さいご》まで見据え、憎もうとしたのは、ただカリエひとりだった。それが悲しかった。サジェは、バルアンを愛してはいなかった。寵《ちょう》を得てシャーミアになっても、彼女は一瞬たりとも幸せではなかったのだ。ただカリエへの憎しみで生きていた。

それでもやっと、子供を産んで、幸せになれるはずだったのに。

「ギュイハムを離すんだ。もう眠らせてやれ」

バルアンは強引に、カリエからサジェを引き離した。そして命を失った体を、丁寧《ていねい》に寝台に横たわらせてやった。

彼は痛ましげに死に顔を見下ろし、アーキマの一節をつぶやいた。オルよ、このはかない魂《たましい》に安らぎを、と。

しかしサジェは安らぎなど求めていなかった。あんたはあたしを憎んだわよね？　そう訊いた。憎悪こそが、サジェが自分の存在を確認するための手段だった。だからこそ同じだけの憎しみを、カリエからも求めた。そして、これからもカリエに、自分を憎んでくれと言ったのだ。自分が生きてここにいたことを忘れるなと、懇願《こんがん》したのだ。

「帰るぞ」

バルアンはしばらくサジェを見つめた後、カリエを顧《かえり》みて静かに言った。しかしカリエは首をふった。

「いやです。サジェのそばにいたい」

「いても何もできない。後は侍女たちにまかせろ」

「いやです」

カリエは頑《かたく》なに言い張った。バルアンは舌打ちし、乱暴にカリエの腕を取ると、引きずるようにして部屋を出た。

「離してよ！　人殺し!!」

カリエは再び叫んだ。

なにごとかと、女たちが回廊に飛び出してくる。奇異の視線を浴び、それでもカリエは声を止められなかった。

「あんたがサジェを追い詰めたのよ！　あんたがもう少しサジェのことを考えてあげてたら、こんなことにはならなかったのに！」

女たちは、青ざめて硬直していた。カリエの吐き出す言葉は、マヤルに対するものとは思えなかった。

しかし、激怒《げきど》するかと思われたバルアンは、わずかに顔をしかめただけで、暴れるカリエを抱きかかえるようにして歩くだけだった。

バルアンの腕の中で暴れながら叫び続けたカリエは、後宮を出る頃には疲れ果て、ずいぶんとおとなしくなっていた。

そのままバルアンの部屋に連れて行かれ、柔らかい絨毯《じゆうたん》の上に降ろされる。カリエはしばらく、ただ茫然《ぼうぜん》と座っていた。

飲み物をもって部屋に入ってきたムイクルが、咎《とが》めるようにこちらを見た。そのときはじめて、自分が座っている場所が、小姓にはゆるされぬ所だと気がついて、慌てて立ち上がる。するとバルアンが言った。

「いい、座っていろ」

でも、と言おうとしてカリエは咳《せ》き込んだ。叫びすぎて喉が嗄《か》れてしまったらしい。

バルアンは、ムイクルが自分に差し出した杯《さかずき》をカリエに渡した。カリエは一瞬迷ったが、受け取って一気に飲んだ。ムイクルは無表情の仮面をはりつけて空《から》の杯を受け取ると、音もなく部屋を出て行った。

「少しは落ち着いたか」

バルアンの声も、かすれていた。

「…はい。すみませんでした」

「謝るな。むしろ、助かった」

「助かった?」

「おれの言いたいことを全部吐き出したようなものだからな」

「…嘘だわ」

カリエは、蠟燭《ろうそく》に照らされたバルアンの横顔を睨みつけた。

「悔《く》やむぐらいならば、どうしてこの事態を避けようとしなかったんです。皆が、ギュイハムは大事なときだからとあれだけ忠告したのに、マヤルはラクリゼに夢中で、まるで聞く耳をもたなかった」

バルアンは何も答えない。

「マヤラータのことだって、ギュイハムに衝撃を与えぬよう、マヤルからうまく説明することもできたはずです。なのにそれも怠《おこた》って、最悪の形で伝わることになってしまった」

カリエの語調は、再び荒くなってきた。

わかっている。バルアンのせいだけではない。ヤンガの山村にいた頃も、それまで健康そのものだった若い娘が、産後の肥立《ひだ》ちが悪くそのまま死んでしまったことがあった。人によるとはいえ、子供を産むというのは、それぐらい大変なことなのだ。

だから、どれほど恵まれた状況にあろうと、サジェはもともと、出産には耐えられない体だったのかもしれない。

それでも、バルアンを責めずにはいられなかった。サジェがいなくなったという現実を受け入れるには、それしかなかった。

かつては、サジェがいなくなってしまえばいいとさえ願った自分。そして、そのとおりになってしまった現実。恐ろしくて、自分が厭《いと》わしくて、サジェがあまりにも哀れで、とうてい受け入れることなどできなかった。

「そうだ。おれが殺した」

バルアンは静かに言った。

「ギュイハムも赤子も、おれが殺した」

その横顔は、口調と同じように静かだった。喜怒哀楽《きどあいらく》のはっきりとした彼にしては、珍しいことだった。蠟燭の炎をうつして揺れる目は、ここではないところを見つめている。

バルアンが本当に妃と子供の死を悼《いた》んでいるのだと知って、カリエは驚いた。

バルアンは以前、実の伯母《おば》を殺したことがある。そのときは平然としていた。カリエが生死を賭《か》けてバルアンに無罪を訴えたときも、どうでもいいとあしらった。腹心《ふくしん》のコルドも殺されかけたことがあるというし、ムイクルを傷つけた小姓たちをまとめて焼き殺したとも聞く。そんな彼が、ろくに顧《かえり》みることもなかったシャーミアの死を、これほど深く悲しむとは。

それはきっと、自分の不甲斐《ふがい》なさをよく承知しているからだろう。ギュイハムと息子を失ったのが、自分の過《あやま》ちが原因だと知っているからだ。ラクリゼへの狂おしい思いが、ここまで大きな犠牲《ぎせい》を生んだという事実に、茫然としているにちがいない。

虚《うつ》ろなバルアンの横顔を見ているうちに、カリエの中の激情は決意へと変わっていった。

――今しかない。

道を見失ったマヤル・バルアンを元に戻すのは、今をおいてほかにない。

その確信が、カリエの口を開かせた。

「マヤル。あなたは誰よりも、後宮の女たちの不安をよくわかっているはずです」

バルアンが怪訝《けげん》そうな顔を向ける。

昔、パージエが話してくれた。バルアンには、弟がいたという。しかしその弟は、この世に生まれてすぐに死んでしまった。その母親も、同じように命を落としてしまったそうだ。そしてバルアン自身も、生まれてすぐに母を亡くしている。それからテニヤの総督《そうとく》となってリトラの宮殿を出るまで、何度も命の危機に晒《さら》されたという。

「後宮の主たるマヤルやマヤライ・ヤガの存在が――その気持ちや行動が、いかに女たちにとって重いか、誰よりもよくご存じのはずですよね。それこそ、生死を左右するものだということも。それでもあなたは、ラクリゼのもとに行くのをやめられなかったんですね」

バルアンは、顔を歪《ゆが》めた。それでも呻《うめ》くように「そうだ」と言った。

「そこまで、ラクリゼがお好きなんですよね」

「……ああ」

「それなら、いいんじゃないですか？　後宮の奴隷は、皆あなたのもの。生かすも殺すもマヤル次第。マヤルが全てを承知でギュイハムを追い詰めたというのならば、今さらマヤルが後悔することじゃないでしょう」

突き放す言葉に、バルアンの眉がかすかに動く。

「マヤルのように強いお方が、自分を律することも忘れて溺《おぼ》れるほど人を好きになるのは、それはそれですごいことなんじゃないですか？　それなら、徹底的に溺れてみればいいのではないですか」

「……何が言いたい？」

カリエは、大きく息を吸った。

「ここで決めていただきたいんです。ラクリゼか、それともわたしか」

バルアンは目を剝《む》いた。

「何？」

「ラクリゼをこれからも愛するというならば、わたしをここで斬《き》ってください」

きっぱりと言ったカリエを、バルアンはあぜんとした顔で見返した。

「なんだと」

「わたしは、あなたのマヤラータなのでしょう。マヤルが目指す未来に必要なのは、わたしの出生《しゅっしょう》と、ルトヴィアで皇子の影武者《かげむしゃ》をやっていたという過去。ですが、ラクリゼを選ぶのならば、あなたはそれを捨てなければならない。わたしの命ごと」

「なぜ」

「野望とラクリゼと、どちらも手に入れることはできません。あなたの気性や、マヤルという立場から、それは不可能なんです。それはおわかりでしょう。ですから、どちらかを選んでください。あなたはマヤルなのですから、どちらを選ぼうと自由です。まわりも従うしかないでしょう。わたしも、もしマヤルがラクリゼを選んだのなら、従って死にます。それだけのことです」

「どうしておまえが死ぬ必要がある?」

「自分の立場もわきまえず、感情をろくに制御することができない人間を、わたしのマヤルとは認めたくありません。そしてそんな人間にふりまわされて悲しんだり身を滅ぼしたりする人たちを見るのも、たくさんです。わたし自身がこれ以上利用されるのも、耐えられない」

バルアンの目が大きく見開かれ、そこに激しい怒気《どき》が閃《ひらめ》いた。

気圧《けお》されそうになりながら、カリエは真正面からバルアンを睨み返した。

「わたしは、あなたを憎んできました。でもそれは、あなたの力を認めていたからです。わたしがどうやっても、かなわない力をもっている人だと思っていたからこそです。でも、今のあなたは憎む価値さえない。そんな人に、たとえ名目上だけでも妃と呼ばれるのは、屈辱《くつじょく》以外

だ。

バルアンの腕が伸び、細い首を掴んだ。そのまま力をこめると、カリエの顔が苦悶《くもん》に歪ん

「きさま……」

のなにものでもありません」

「調子に乗るなよ、ガキが。どうせおれがおまえを殺さないと、たかをくっているのだろう」

「そ……なこと……な…」

「いいだろう、おまえがその気ならば、選んでやる」

低い宣告の後、カリエの体は思い切り床にたたきつけられた。衝撃に息をつめたカリエは、次の瞬間、上から押しつけられる重みにぎょっとした。

「何を！」

のしかかるバルアンを見上げると、彼は薄く笑っていた。

「何を驚く？　選べと言ったのはおまえだろう」

「それが、なんでこんな……！」

カリエは逃げようともがいた。しかしバルアンの体はびくともしない。

「おまえを選んだら、当然マヤラータとしてのつとめは果たしてもらえるのだろうな？」

耳元に囁かれた皮肉な声に、カリエは動きを止めた。

そしてじっと、バルアンを見つめる。

「……では、ラクリゼを思い切るのですか」

「ああ」

「ほんとうですか」

「くどい」

二人は睨みあった。

バルアンの瞳には、激しい怒りが燃えている。自責《じせき》の念にかられていたところに、誇りを深く傷つけられた彼は、決して自分の誓いを違《たが》えはしないだろう。

カリエは力を抜くように息をつき、目を閉じた。

「……それなら、どうぞお好きに」

怖いし、嫌だけれど、マヤラータしてのつとめと言われたなら、しょうがない。こちらもバルアンに、マヤルとしての選択を迫ったのだから。

「ふん。いい心がけだ」

バルアンの嘲笑《あざわら》う声と息が近くなる。カリエの肌が、嫌悪《けんお》に粟立《あわだ》った。這《は》い回る手に、叫びそうになる。

拳《こぶし》をかたく握り、必死に震えをこらえていると、ふいに覆い被さっていた熱が引いた。

「……やめた」

白けた声に目を開けると、バルアンが体を起こすところだった。

「さすがに、ギュイハムが死んだというのに、その気にはなれん」

彼は再び脇息《きょうそく》にもたれると、疲れたように瞼《まぶた》をおろした。カリエも体を起こし、乱れた服を直す。

重い沈黙が続いた。

何か言わなければ。それとも、このまま出て行ったほうがいいのだろうか。カリエが悩んでいると、バルアンのほうが口を開いた。

「おまえ、ムイクルに剣の稽古をつけてもらっているらしいな」

それまでうつむいていたカリエは、慌てて顔をあげた。

「あ、は、はい」

「少しは上達したのか」

「……自分ではよくわかりません」

「では明日、見てやろう」

カリエは目を瞠った。

「ほんとうですか」

尋ねると、バルアンはようやく瞼《まぶた》をあげ、こちらを見た。

「ああ」

「あ、ありがとうございます！」

小姓としての条件反射で、カリエは思わずその場に平伏《ひれふ》した。すると、厳しい声がとんできた。

「そんなことをするな。おまえは、マヤラータなのだろう」

カリエはますます身を竦《すく》めた。

「……あ…の、あれはその……」

冷静になってみると、この男にむかってよくあんな挑発をしたものだと、背筋が寒くなる。よりにもよって、自分を斬れとは。たしかに、あの瞬間は本気でそう言っていた。バルアンがここで正気に返らぬようならそれまでだと、心を決めていた。

しかし今となっては、なぜあの時そんなふうに思えたのか、わからない。下手《へた》をすれば、本当に斬られていたかもしれなかった。いや、バルアンの性格を考えれば、斬られなかったほうが不思議だ。

「どうした」

震えだしたカリエを見て、バルアンが怪訝《けげん》そうに言った。

「いえ、あの……い、今さら怖くなって……」

繕《つくろ》う余裕もなかったので正直に告げると、バルアンは目を丸くした。

「情けないな。さきほどまでの勢いはどうした」

「ほ、ほんとに勢いって怖いですよね」

「何を言ってるんだおまえは」

バルアンはあきれたように息をついた。しかしその口調には、不思議と穏やかな響きがあった。

＊

翌日、ギュイハムと赤ん坊は後宮の裏門から運び出された。妃《きさき》と我が子の葬儀《そうぎ》なので、バルアンも黒い服に身を包み、死の丘への行列に加わった。もちろん、小姓《こしょう》のカリエも同行した。

エティカヤの葬儀はルトヴィアに比べて簡素《かんそ》で、マヤルの妃でも寺院で荘重《そうちょう》な儀式を執《と》り行うようなことはない。人々はアーキマを唱《とな》えながら、棺《ひつぎ》を囲んで死の丘へと向かう。

埋葬《まいそう》される直前、カリエが見たギュイハムの顔は、美しかった。花に囲まれた顔はきれいに化粧を施《ほどこ》され、髪も整えられていた。なにより、あらゆる苦しみから解放された安らぎが、彼女本来の美を際《きわ》だたせていた。

後宮に入ってから見るギュイハムは、いつも非常に美しかったが、どこか冷たく近寄りがたいところがあった。しかし、自分を守るための鎧《よろい》を全て脱ぎ捨て、年相応の顔に戻って眠る彼女は、やさしく愛らしかった。

カリエは、彼女のことをほとんど知らなかったことを思い知った。カリエを陥《おとしい》れ、憎悪《ぞうお》をぶつけてくる一面しか、知らない。しかしきっとギュイハム――いやサジェにも、自分やナイヤのように、いろいろな面があったはずなのに。もしちがう出逢いかたをしていれば、時にはバルアンの寵《ちょう》を競って憎みあうことがあっても、ナイヤとそうしたように、また仲直りすることもできたかもしれない。そう思うと、カリエは涙をこらえることはできなかった。

サジェの胸には、美しい布に包まれた赤ん坊が眠っていた。細い腕が、決して熱が通うことのない小さな体を温めるように、全《すべ》ての敵から守るように、そっと抱いている。その姿に、カリエは母親のことを思いだし、再び泣いた。つきそってきたサジェの侍女《じじょ》たちが盛大に泣きわめいているので、カリエの泣き声はそれほど目立たなかった。しかし、やはり小姓の姿で大泣きするのはみっともないと思ったので、必死にうつむいて、声を抑《おさ》えた。

墓石には、バルアンの命令で、「三の貴妃《デライエ・ラハジル》・ギュイハム」と刻まれた。導師《どうし》に続いて、人々はアーキマを唱和した。カリエも心から謳《うた》いあげた。オルのやさしい腕に、サジェとその子供が抱かれるようにと。

葬儀が終わり、宮殿に帰ろうと踵《きびす》を返したカリエは、動きを止めた。

人々の輪から外れて、女がひとり立っていた。全身黒い布で覆《おお》われていたが、ラクリゼだとすぐにわかった。体の中で唯一《ゆいいつ》あらわになっている両眼が、あまりに珍しいからだ。

おそらく彼女は、サジェを悼《いた》んで、ここまでやって来たのだろう。人の輪から遠く離れたところに立っているところを見ると、ギュイハムの死にいくらかの責任を感じているのかもしれない。実際、ラクリゼの姿を見た途端、サジェの侍女たちは色めき立った。彼女たちは、カリエが小姓の格好で現れた時にはそれほど敵意を見せなかったが、今は凄まじい憎悪をこめてラクリゼを睨《にら》みつけていた。

彼女たちだけではない。導師や宮殿の男たちまでもが、苦々《にがにが》しげにラクリゼを見ている。彼女が宴《うたげ》に現れた晩は、皆あれほど喜んでいたというのに、今ではまるで害虫でも見るような目をしている。マヤル・バルアンをここまで堕落《だらく》させたのだから、当然といえば当然だった。

カリエも、先日までは彼女に対してあまりいい感情をもつことができなかった。責めるべきはバルアンだけで、ラクリゼに罪はないとわかっていても、やはり疎《うと》ましく思うのは仕方がなかった。

しかし今は、人々のあまりな態度に、ラクリゼを哀《あわ》れに思った。

行列が、ラクリゼに近づいていく。ラクリゼは顔を伏せた。表情をうかがうことはできない。

「邪神《じゃしん》の徒が！　ギュイハムさまの眠りまで呪《のろ》う気か⁉」

侍女のひとりが、吐き捨てた。周囲の者が慌《あわ》てて止めるが、その侍女は呪詛《じゅそ》の言葉を吐き続けた。その声は、ひどく震えていた。彼女は、サジェを愛していたのだろう。後宮でのサジェにも、心をわかつ友がいたのだと知って、カリエは救われる思いだった。しかし、そのサジェを失った侍女や、怒りをむけられているラクリゼに目を転じれば、それは痛々しい思いに変わる。ラクリゼはただ目を伏せていた。

「やめないか」

低い声が響いた。

それまで、仲間の制止に抵抗し続けていた侍女が、ぴたりと動きを止める。

「死者の眠るそばでそのような言葉を吐くとは。気持ちはわかるが、静かにギュイハムを送ってやれぬのか」

バルアンの厳しい口調に、侍女は震え上がった。

「……も、もうしわけございません」

「わかればいい。それから、ラクリゼ」

バルアンの目が、ラクリゼに向けられた。場が一気に緊張する。

「おまえの仲間も、ずっとこのような辺境の土地にとどまっていては、商売にならぬだろう。そろそろ、ヨギナあたりに移りたいころではないか？」

ラクリゼが、はっとして顔をあげた。

「おれの勝手で、おまえたちを引き留めてしまった。詫《わ》びと、今まで楽しませてくれた礼は存分にしよう。所望《しょもう》のものがあれば、遠慮なく言うがよい。準備させよう」

カリエは口を開けてバルアンを見上げた。彼は、冷ややかとさえいえる目でラクリゼを見ている。

ヴェールを押さえるラクリゼの手が、かすかに震えた。口元を覆う布が、わずかに動いたようだったが、そこから声は漏《も》れてこなかった。ラクリゼはただ、頭を下げた。

バルアンもそれ以上は何も言わず、ラクリゼの前から立ち去った。カリエは、ラクリゼに何か言葉をかけたかった。このままでは、あんまりだ。

視線を感じたのか、ラクリゼがわずかに顔をあげた。カリエは息を呑んだ。ラクリゼの美しい目には、涙が光っていた。

「マヤル、あれじゃいくらなんでもラクリゼがかわいそうですよ！　急に、ここから出て行けなんて」

宮殿に帰るなり、カリエは憤然《ふんぜん》と抗議した。

「おまえがそうしろと言ったんだろう」

「追い出せなんて言ってませんよ！　シャーミアとして、他の妃たちと同じように扱ってほしかったんです！」

「それは無理だ」

バルアンはきっぱりと言った。

「こうするのが一番いい。おれのためにも後宮のためにも、そしてラクリゼのためにもな。あの女は、こんなところで囲われるのは性にあわないだろう」

「でもラクリゼ、泣いてましたよ」

「泣いていた?」

バルアンは眉をあげた。

「まさか。見間違えだろう」

「ほんとですって。ラクリゼだって、マヤルとのお別れが辛いんですよ。それなのに、あんな」

「ありえんな。カイ、おれがなぜ、ラクリゼにここまで惚《ほ》れていたか、知っているか」

惚れていい、いた。微妙な言葉の変化に、カリエはすぐに気がついた。

「いいえ」

「あの女が、何があってもおれに惚れることはないだろうと察していたからだ」

「……変わった趣味ですね」

「かもしれんな。とにかく、あの女が泣いていたというのなら、原因はおれではないだろう」

「じゃあ何なんです」

尋ねるカリエを、バルアンはしみじみと見つめた。

「あいつも報《むく》われないなあ」

「は？」

「おまえは、またラクリゼと会いたいか？」

「…そりゃまあ」

こういう修羅場《しゅらば》はごめんだが。

「それなら会えるだろう。なにも悲しむことはない。さて、これで問題は解決だ。剣の相手をする約束だったな。もってこい」

バルアンはカリエをふりきるように、さっさと庭に出て行った。

第十五章　人みな海へ

1

ラクリゼとその一座は、翌日にはインダリ宮を去って行った。

テニヤ経由《けいゆ》でヨギナに向かうというので、テニヤまではヒカイ配下の部隊が護衛についた。ラクリゼに恨《うら》みをもつ者が、賊《ぞく》を装《よそお》って襲撃するのを避けるためだ。「もっともあの女には、護衛などいらないだろうがな」とバルアンは笑った。

ラクリゼが消えたインダリ宮は、瞬《また》く間に以前の落ち着きを取り戻した。

バルアンは再びカリエを連れて灼熱《しゃくねつ》のムザーソを歩き回るようになり、ときどき基地まで足を伸ばした。この散歩は疲れるので、宮殿に戻ってくるとそのまま寝てしまうことも多かったが、後宮への挨拶《あいさつ》も忘れなかった。

カリエはあいかわらず小姓《こしょう》として、忙しく立ち働いていた。すでに「カイ」が「カリエ」であり「マヤラータ・カザリナ」であることは周知《しゅうち》の事実だったが、ギュイハムの喪《も》が明けるまでは、正式な婚礼をあげられない。それでも導師《どうし》をはじめ、宮殿の長老《ちょうろう》たちは、「妃《きさき》が男装するなど言語道断《ごんごどうだん》」と怒り、カリエを後宮に戻すようすすめたが、バルアンは頑《がん》として首を縦《たて》にふらなかった。

オル教の戒律《かいりつ》では、女の男装は罪となる。しかしカリエは、エティカヤ教徒ではない。喪が明けてカリエが改宗《かいしゅう》するまではこのままで通すと、バルアンはむりやり周囲を納得させた。このときばかりは、カリエは心からバルアンに感謝した。

カリエは再び、バルアンの散歩に頻繁《ひんぱん》につきあうことになった。基地に訪れた際には、以前よりも熱心にプロッツコフたちの説明を聞き、武器の訓練に取り組んだので、みな喜んでいろいろとカリエに教えてくれた。

おかげで、はじめはあれほど恐ろしかった拳銃《けんじゅう》も、だいぶ上達した。猟《りょう》から離れていたために鈍《にぶ》っていた勘《かん》もだいぶ戻り、長銃での長距離射撃では、周囲から感心されるほどの腕前になった。

「マヤル、カイくんは優秀な狙撃手《そげきしゅ》になりますよ。しばらく基地に預けてみませんか?」

プロッツコフは、まんざら冗談でもない顔で言った。

「狙撃手ねえ…。意外なところに才能があったもんだな」

にやにや笑いで見下ろすバルアンに、カリエは口を尖《とが》らせた。

「意外とは失礼ですね。これでも、腕のいい猟師だったんですよ。怪我《けが》した父親にかわって、家族を支えてたんですからね!」

「そのわりにははじめて拳銃をもった時は、ずいぶんと腰が引けていた」

「……猟とは、ぜんぜん違いますから」

カリエは歯切れの悪い口調で言った。猟はあくまで、大切な食料を得るためのものだった。しかしここで習うのは、戦闘で人を撃つためのもの。そう思うと、やはり今でも怖い。だが同時に、腕がいいとほめられれば嬉《うれ》しいのも事実だった。

「で、どうだ？　いっそしばらくここで、狙撃手として腕を磨いてみるか？」

バルアンは意地悪く訊《き》いてくる。カリエがここに来ている目的など、承知しているはずなのに。だからカリエも、嫌味たらしく言ってやった。

「せっかくですけど、お断りします。狙撃手などになったら、マヤルをおそばでお守りできませんからね」

するとバルアンは鼻を鳴らし、「殊勝《しゆしよう》な言い訳ができるようになっただけでも、ほめてやるべきか」と言った。

訓練以外でも、カリエはすすんで学ぶようになった。以前はさっぱり理解できなかったバルアンとプロッツコフの会話も、わからないところを訊いたり調べたりしているうちに、次第にわかるようになってきた。

カリエのもっとも手近な教師は、やはりバルアンだった。彼は、たいていの質問には答えてくれたし、あまり明るくない分野に話が及ぶと、すぐにコルドなどを呼びつけ、かわりに教えさせた。

ケンヤムあたりは、女によけいな知識をつけると後々面倒になると諫《いさ》めたが、コルドが「愛妾《あいしょう》に溺《おぼ》れるよりは、建設的じゃないですか」とたしなめた。主《あるじ》がギュイハムやラクリゼを失った傷を癒《いや》そうとしているのに、みな気づいていたのだろう。それ以上、文句を言う者はいなかった。

時には夜まで勉強会が続くことがあり、カリエは北海の城でのエディアルドとの日々を思い出さずにはいられなかった。

あのときは、エディアルドがカリエの世話をしながら教育したが、今回はカリエがバルアンの世話をしながら教えを受けている。しかも前回は皇子の影武者《かげむしゃ》になるために、今回はエティカヤ王子の正妃《せいひ》になるために。

運命の不思議を、しみじみと感じる。

自分は、ギウタ皇国のカザリナ皇女なのだという。まるで記憶はないが、それはもう事実のように語られている。影武者時代から考えていたことではあったから、それほど驚きはしなかったが、やはり知った当初は自分の出生《しゅっしょう》を恨《うら》んだものだった。記憶にもないことで両親を殺された上、さんざん利用される運命を呪《のろ》わずにはいられなかった。

しかし今は、悪いことばかりではないとも思う。マヤラータという肩書きがなければ、いずれはサジェのような運命を辿《たど》っていたことだろう。カリエという存在に飽きたバルアンに、とっくに殺されていたかもしれない。

その出生ゆえに生きながらえ、むしろ今は、さまざまなものを得ることができるのだ。一度心を開くと、それまでただ冷たくそっぽをむいていた世界はたちまち表情を和《やわ》らげて、あらゆるものを惜《お》しみなく与えてくれる。それは、とても幸せなことなのだろう。サジェのように、頑《かたく》なに目を閉ざし続けることでしか生き抜くことができなかった者に比べれば、はるかに恵まれている。

どんな状況でも、人は自由になることができるのです。たとえあなたが皇子でも奴隷《どれい》でも、関係ない。逆にどれだけ恵まれた立場にいても、自由であることは難しい。

以前、不思議な夢の中で出逢ったサルベーンはそう言った。

自由であるとはどういうことなのか、当時のカリエにはわからなかった。だが今ならば、少しは理解できるような気がした。

カリエの変化によりそうように、ムザーソの季節も、厳しい冬から再生の春へと移っていった。

そして、春の嵐はリトラからやって来た。

エティカヤ首都、リトラのエウランタータ宮殿。その主であるマヤライ・ヤガは、今年の夏、六十六歳になるという。六十六というのは、エティカヤではめでたい数字らしく、今年の生誕《せいたん》祭は盛大に行うらしい。

当然、彼の次男であるバルアンのもとにも、出席を命じる使者がやって来たのだった。

「その際にはぜひ、マヤラータもご同伴くださいませ。マヤライ・ヤガは、ギウタ皇女とお会いするのを、たいへん楽しみにしていらっしゃいます。そのような高貴な身分の姫君を妃《きさき》に迎えていたとは、さすがは思い切った行動を好む我が子だと、お喜びで」

使者は言外に、リトラの許可も取らずに勝手にマヤラータを娶《めと》ったバルアンを非難していた。お喜びだというマヤライ・ヤガも、報告を聞いた当時は激怒《げきど》したであろうことは、容易《ようい》に推測できた。

バルアンは神妙《しんみょう》な顔で招待を受け、数日にわたって使者を歓待し、丁重《ていちょう》に送り出した。使者は最後の最後まで、「必ずマヤラータをお連れくださいと念を押していった。しかしさすがに、バルアンの背後に控えている小柄な小姓が、マヤラータ・カザリナその人だとは思わなかったらしい。バルアンが、あろうことかマヤラータを小姓として侍《はべ》らし、平気で外に連れ廻《まわ》していることは、さいわいリトラにはまだ届いていないようだった。そんな恐ろしい事実が知れたら、インダリ宮殿の者たち皆が責をおうことになるので、コルドたちが必死に隠したらしい。

「どうなさるのです、マヤル。まさかリトラにまで、マヤラータを小姓姿で伴うのではないでしょうな」

使者が去るなり、宮殿最長老のケンヤムは、かたい表情でバルアンに詰め寄った。

彼だけではない。バルアンの周囲には、宮殿の幹部たちがこわばった顔を並べている。しかし、当のバルアンは、例によって脇腹《わきばら》を掻《か》きながら言った。

「さすがに親父《おやじ》の前に出すときは、それなりの格好をさせるさ。このままでマヤラータとして紹介したら、いいかげん弱っている親父の心臓にとどめをさしそうだしな」

不謹慎《ふきんしん》なバルアンの言葉に、ケンヤムは渋《しぶ》い顔をした。しかし彼が抗議する前に、導師《どうし》が勢いこんで身を乗りだした。

「ではマヤル、今度こそ出発の前に婚礼を」

「まだ喪《も》が明けていない。戻ってきてからでもよかろう」

「しかし、私も今回の件で、宗教庁《しゅうきょうちょう》のほうからきつい叱責《しっせき》を受けました。マヤルと共謀《きょうぼう》して、婚姻《こんいん》の事実を隠すとはなにごとかと」

「ではもうしばらく怒られておけ」

なんとも無責任な返答に、導師はそんな、と青ざめた。

「悪いが、今はそれどころではないのだ。だいたい婚礼などしたところで、おれとカイがぶじにリトラに辿《たど》り着けなければ意味はない」

「……辿り着けない可能性があるのですか？」

カリエはおそるおそる尋《たず》ねた。

「というか、絶望的だな」

「どうして!」

「カイくん、リトラの宮殿には、それはそれは親切なラハジルがいるんだよ。隙《すき》あらば、二《セガン》のマヤルをオルのみもとに送ってくださろうとする、とても信仰深くてやさしい人だ」

皮肉たっぷりに答えたのは、コルドだった。

「……マヤル・シャイハンの母君ですか」

「そう。あのおばさん、ほんとしつこくってさ。リトラにいる時はもちろんだけど、うちのマヤルが総督《そうとく》としてテニヤに赴任《ふにん》したときも、何度も何度も暗殺者《あんさつしゃ》を送ってきてねえ。さすがにムザーソまでは手を出せなかったようだし、こっちも、できるだけリトラやヨギナに近づかないようにしていたんだがね。さすがに〝マヤライ・ヤガ六十六歳までよくぞくたばり損《ぞこ》ないました祭り〟には、行かないわけにはいかないだろうし」

「コルド!」

ケンヤムと導師がそろって声をあげた。コルドは肩をすくめ、「失礼、つい本音が」と言った。マヤライ・ヤガさえ恐れぬその物言いに、カリエもさすがにあきれた。バルアンも苦笑している。

「とにかく、むこうはおれが来るのを手ぐすねひいて待っている。しかもギウタ皇女のマヤラータつきときたら、おまえもまとめて始末されるのは間違いない」

カリエは、さっと青ざめた。

「そんな」

怯《おび》える彼女を見て、バルアンはおもしろそうに口元を歪《ゆが》めた。

「ここからリトラに向かうには、東のテニヤに出てから南下する。普通はその道しかない。おそらくあの女は、おれたちがリトラに入る前に始末をつけようとするだろうから、何か仕掛けられるとしたらテニヤだな。あそこは、兄貴支持の連中も多いし」

「そりゃあ、あなたが総督時代、さんざん彼らを困らせたんだから当然でしょうね」

コルドの言葉に、バルアンは一瞬黙った。

「……あー、とにかくだカイ、そういうわけでテニヤは使わないから安心しろ。いちど国境を越えて、クアヒナ経由で行く」

「クアヒナ?」

カリエは首を傾《かし》げた。

なぜ、東南にあるリトラに行くのに、西南のクアヒナに向かう必要があるのだろう。まったく反対方向だ。

頭の中で地図をひろげていたカリエは、あ、と声をあげた。

「クアヒナからって……南下して海に出て、海路でリトラに向かうんですか?」

「そうだ」

「じゃあ、船に乗れるんですね!」

カリエは顔を輝かせた。場違いな声をあげた彼女に、周囲の大人たちがあきれた顔をする。

「気楽なやつだな。船が好きなのか」

「好きも何も、乗ったことがありません」

「そうか。海はいいぞ。クアヒナの港からリトラなら、今の季節だと風に恵まれるから、順調にいけば半月もかからない。初航海には適当な長さだろう」

「へえー」

カリエの心はすっかり海に飛んでいた。

「しかし今から、クアヒナの通行許可を求めるとなりますと、そこからリトラやヨギナ側に情報が漏《も》れる可能性があるのでは？　船で向かう途中に、賊《ぞく》を装《よそお》って襲われるやも」

導師が心配顔で口を挟むと、コルドはよくぞ言ってくれたといわばんかりに胸をはった。

「ロゴナ宮で東公とお会いしたときに、簡単に事情を話して、通行許可と港の使用許可はとってあります。東公から、情報がヤー・マヤルやマヤライ・ヤガ側に漏れている可能性は……まあ皆無《かいむ》とは言えませんが、この間はさんざんクアヒナに恩を売っておいたので、とうぶん裏切るようなことはなかろうと存じます」

カリエは目を剝《む》いた。

「え、じゃああの食料ばらまき作戦って、そういう意味もあったんですか？」

「当然だ。人気とりだけで貴重な飯をくれてやるものか」

バルアンはこともなげに言った。

「とにかく、リトラに入るのはぎりぎりまで引き延ばしたい。逆算して、ここを出発するまであと三月は使える。それまでに、全《すべ》ての準備が整うか」

「もちろんです。マヤライ・ヤガ生誕祭《せいたんさい》を、ひとつの目安にしてやってきましたからね」

「結構。では皆、そのように頼む。とくにヒカイ、これよりは特に慎重にな」

「はっ」

それまで黙って控えていたヒカイは、短いが気迫《きはく》のこもった声で応じた。

「これからは、全てそなたらの力量にかかっている。まさにこの時のためにこの地を選び、そなたらを選んだのだ。おれが帰ってこなくとも決して動じず、おのおのの使命を果たすよう」

バルアンが見渡すと、一同は神妙な顔で力強く頷《うなず》いた。

いつもとは微妙に違う空気を感じ、カリエは首を傾げる。彼らがさがってから、からかいまじりにバルアンに言った。

「マヤル、なんだかもう二度と帰ってこないような言い方でしたね。マヤルらしくもない」

「そうか？　まあ、念には念を入れてな」

バルアンは笑って受け流した。

カリエも、深く追及はしなかった。船に乗れるという喜びに、心が占《し》められていたためだった。

嬉《うれ》しそうに遠い海に思いを馳《は》せる彼女は、再び激動の時が近づいていることに、まだ気がついていなかった。

2

気持ちのよい夜だった。

サルベーンは窓を開け、外から流れてくるヨギナの春風を楽しみながら、机に向かい手紙をしたためていた。

風に乗ってかすかに聞こえてくるのは、おらそくシャイハンの部屋から流れてくる楽の音《ね》だろう。ギウタ独特の弦楽器《げんがっき》、セーギュアンの音だ。これを弾《ひ》きこなせる楽士《がくし》は、そう多くない。最近この宮殿にやってきた楽士はなかなかの腕で、シャイハンは毎晩のように宴《うたげ》に呼んでいる。サルベーンも誘われたが、今夜は体調を理由に辞退した。

もちろん、体などどこも悪くはなかった。ただ、今夜はやっかいな書き物をしなければならなかった。明日には町中で、コルドの部下と接触することになっている。そのときに、こちら側の動向を伝えなければならない。そのための文書だった。

使っている文字は、聖職者《せいしょくしゃ》が使う、かなり古い文法のユリ・スカナ語だった。これならば、もし部屋に突然だれかが入ってきたとしても言い逃れができる。しかし、あろうことか、サルベーンはところどころ綴《つづ》りを忘れていた。

「まいったな。最近使ってないから」

そろそろトシだろうかなどとつぶやき、サルベーンはペンを止めた。

ユリ・スカナに渡り、メナイク大僧正《だいそうじょう》のもとに弟子《でし》入りした頃、死にものぐるいで覚えた言葉だった。今でこそ彼はユリ・スカナ、ルトヴィア、ギウタ、エティカヤの言語を自在に操ることができるが、あの頃はザカール語とルトヴィア語、片言のギウタ語しか話せなかった。読み書きできるのはザカール語だけで、それもごく単純なものだけだった。

ユリ・スカナに渡る前の自分は、狂犬のようなものだったと思う。本など読む暇《ひま》があるなら強くなりたいと、剣を振り回してばかりいた。荒くれ者が集まる傭兵団《ようへいだん》の中でさえおまえは気が荒すぎると、ホルセーゼに何度もたしなめられた。

大きな挫折《ざせつ》に心身ともにぼろぼろになった彼は、メナイク大僧正のもとで生まれ変わった。知識を得ることの大切さを学び、新たな神を知った。

新しい世界を示してくれた大僧正には、心から感謝している。どこに行っても受けいれられることのなかった自分を迎えてくれたユリ・スカナには、感謝している。一時は、本気でそのままユリ・スカナに骨を埋《うず》めるつもりだった。大僧正のもとで、今まで自分がおかしてきた数多《あまた》の罪を悔《く》い、神々を讃《たた》え、人々を救う仕事に命を捧《ささ》げるつもりだった。

しかしそれは不可能なのだと、思い知った。剣をもてば、血が騒ぐ。どれほど心穏やかに過ごしていても、ふいに訪れる凶暴な衝動。そして――流血女神の幻《まぼろし》。

サルベーンは抗《あらが》った。だがどうやっても抗いきれぬと悟《さと》り、膝《ひざ》を屈した。タイアスは、すぐに裏切り者を罰するだろうと思ったが、何もなかった。

インク壺《つぼ》にペン先をつっこんだまま、ぼんやりと壁の模様を見ていたサルベーンは、すっと目を細めた。

音は無い。空気にわずかな乱れ。項《うなじ》にちりちりするような感覚。

サルベーンの体が、横に動いた。直後、壁に短剣がつきささる。完全に、首を狙《ねら》った軌道だった。

振り向けば、いつのまにか人が立っていた。

「ずいぶんな挨拶《あいさつ》だな。会いに来てくれるなら、事前に言ってくれれば歓待する用意もしたものを」

視線の先にいるのは、ラクリゼだった。怒りに燃えた金の目が、サルベーンを見据《みす》えている。

「うるさい。おまえ、以前私が言ったことを忘れたのか?」

「何?」

「二度と彼女にかかわるなと言ったはずだ」

「カリエのことか? かかわってなどいない」

カザリナではなく、カリエのほうの名を口にしたのは、わざとだった。案《あん》の定《じょう》、ラクリゼのこめかみが、ぴくりと動く。

「嘘《うそ》をつけ。ロゴナ宮でのことを聞いたぞ。おまえ、皇帝らが見ている前で、彼女の記憶を引き出してみせたそうだな」

「それを責められるいわれはない。あれは不可抗力《ふかこうりょく》だ。マヤル・シャイハンに命じられたことだったのだから」

「おまえからバルアンに申し出たことなのだろう」

「よく知っているな。そうか、君はインダリにいたんだったな。バルアンを骨抜きにしたそうじゃないか」

ラクリゼの眉《まゆ》がつりあがる。なぜ知っているのだと言いたげな顔だった。

「コルドから聞いているよ。おかげで私まで責められた。ロゴナ宮で私と会い、インダリに帰ってみれば君だろう。おかげで君と私が共謀《きょうぼう》しているんじゃないかと勘《かん》ぐられて大変だった。もっとも私としては、むしろ共謀したいぐらいなんだが」

「冗談ではない。これ以上、彼女の人生に介入《かいにゅう》したら、いくらおまえでも容赦《ようしゃ》はしない」

「介入しているのはどちらかな、ラクリゼ」

「なんだと?」

「君は、カリエを守っているつもりなのだろう。そのためにインダリくんだりまで出向いてご

苦労なことだ。男嫌いの君がバルアンを誘惑し、みごと捕らえた努力は感心するが、そこまでしてカリエの身を守ろうとするのは、立派な介入ではないのか？」

サルベーンは挑発《ちょうはつ》するように笑った。

「たしかに、何をおいても花嫁の身を守るのは、君の義務だ。だが守る方向が、間違っている。その証拠に、あの娘からはいまだに女神の息吹《いぶき》が感じられない。体が満ち、子を成《な》してはじめて彼女は、長老の花嫁となる資格を得るというのに」

ラクリゼは顔を背《そむ》けた。

「君は、カリエの体が満ちて女神の気を発することによって、他のザカール人が彼女の存在に気づくのを恐れているのだろう。気持ちはわかるが、それこそ大きな介入だ。ギウタの皇女として生まれたのも、そしてザカールの九九九番目の花嫁として生まれたのも、カリエに与えられた定め。なかったことには、できない」

「それで、わざわざあのような場でカザリナだと証明してみせたというのか？　そこまでする必要がどこにある」

「では尋ねるが、あの場でカザリナではないと言えばよかったのか？　はじめに、彼女をマヤラータとして連れてきたのはバルアンだ。あの顔を見れば、ルトヴィアの人間ならば誰もがアルゼウスとカザリナ皇女を思い浮かべるだろう」

「だからといって…」

「そうなれば、マヤル・シャイハンは必ず、マヤラータを攻撃し、なんとかして偽者《にせもの》だと証明するだろう。醜聞《しゅうぶん》を恐れるルトヴィア皇室や四公も協力するはずだ。カリエは利用された上、恥をかかされることになる。最悪の場合、殺されるかもしれない」

「彼女の名誉を守ってやったのだと言いたいわけか。親切なことだ」

ラクリゼは冷ややかに言った。しかし、ここに現れた頃の勢いはない。

「君は言ったな、カリエにはカリエの人生があると。その通りだ。自分の与えられたものを、どう受け入れるかはカリエの問題だ。君がやろうとしているのは、カリエの目を隠し、本来もっているものからむりやり引き離そうとしているだけだ。カザリナとしての記憶を封じたのも、君だろう」

ラクリゼは答えない。肯定《こうてい》したも同然だった。

「君が結局インダリから追放されたのも、今のやりかたは間違っていると、女神が判断された結果ではないのか？」

「おまえに何がわかる。おまえに女神の意思など語られたくはない」

「たしかに私は君と違って、女神の声を直接聴くことはできない。力もない。だが、女神より何らかの使命を与えられて生きているのは同じこと」

「おまえは女神を隠《かく》れ蓑《みの》にして、薄汚れた野望を遂《と》げようとしているだけではないか」

「……薄汚れた、か。君にそう言われてしまうと、つらいものがあるな」

自嘲《じちょう》をこめてつぶやくと、ラクリゼがわずかに目を見開き、口元に手をあてた。おそらく無意識の行動だろう。サルベーンは微笑《ほほえ》んだ。

「君と道が別れてしまったことが本当に悔《く》やまれてならないよ、ラクリゼ。こうなってさえ、私たちはお互いのことを誰よりも理解できるというのに。もう一度、私と一緒にやってみる気はないか?」

途端にラクリゼの顔が冷ややかな無表情に戻ってしまう。

「ない」

予想通りの反応だった。サルベーンは肩を竦《すく》め、壁に突き刺さっていた短剣を抜いた。

「残念だよ。だが、目指すものは違っても、歩く場所は近い。これから何度も顔を合わせることになるだろうから、それで良しとしよう。だができれば、今度は普通の挨拶《あいさつ》で頼むよ」

短剣を差し出すと、ラクリゼはひったくるようにして受け取った。

そのまま踵《きびす》を返した彼女を追うように、サルベーンは言った。

「これからトルハーンの所に向かうんだろう?」

ふりむいたラクリゼは、うんざりした顔をしていた。

「それもコルドから聞いたのか」

「いや。ただの推測だよ。君の意思かと思ったが、コルドの名がでてくるということは、バルアンの命令でもあるわけか」

「……まあな」

「そうか。トルハーンに会ったら、よろしく伝えておいてくれ。あいつは女神にこき使われるなどまっぴらだと言っていたが、ザカールの血をもつ以上、やはりそうはいかないらしい」

愉快そうに笑う彼を、ラクリゼは不思議そうに見つめた。

「あの海賊《かいぞく》と親しいのか」

「腐《くさ》れ縁《えん》でね。そうだ、彼はバルアン以上の女好きだから、気をつけたほうがいい」

ラクリゼは鼻で笑い、窓から飛び降りた。一瞬のことだった。

サルベーンは窓辺に寄り、外を見下ろした。姿はおろか、気配もまったく追えない。

「さすが」

ラクリゼには、忍び込めない場所などない。彼女さえその気になれば、マヤル・シャイハンはおろか、エティカヤ王もルトヴィア皇帝も、簡単に命を奪うことができるだろう。

最後の忠告は、明らかに不要なものだった。それを承知でつい口にしてしまった自分が情けない。サルベーンは苦笑し、窓を閉めた。

3

クアヒナに向けていよいよ明日には出発するという晩、バルアンは二の貴妃《セガナ・ラハジル》ジィキの部屋を訪れた。

彼女とじかに会うのは、じつに数カ月ぶりのことだった。

ラクリゼが後宮《こうきゅう》に来て以来、ジィキは寝たきりの生活が続いていたためだ。ジィキ曰《いわ》く、ラクリゼは凄《すさ》まじい邪気《じゃき》を備えていたらしい。そのため彼女は、ラクリゼが後宮を去るまで、ろくに自分の部屋から出ることも出来ず、つらい生活を強《し》いられていたそうだ。

しかしラクリゼが消えても、ジィキは依然としてバルアンと顔をあわせるのを拒否し続けた。

理由は、むろんマヤラータである。

といっても、子供っぽい怒りにかられてそのような行動に出たわけではない。あるいは多少の嫉妬《しっと》はあったのかもしれないが、彼女はまず何よりも、カリエの穢《けが》れをもちこまれることを嫌ったのだ。

「今日は目通りをおゆるしいただいて、ほっとした。あなたにはこれから、後宮を束《たば》ねていただかねばならないし」

バルアンは、ジィキの白く小さな顔を見て笑った。しかし、対するジィキはいつも通り、まったくの無表情だった。

「むろん義務は果たします。マヤルとマヤラータが旅立たれれば、妾《わらわ》を苦しめる気も消えますので、動くこともできるでしょう」

あいかわらず、容赦《ようしゃ》がない。こんなことを言ったらジィキは卒倒《そっとう》するにちがいないが、彼女はどこかラクリゼと似ている。言葉を飾ることを知らず、いつまでたっても後宮の流儀《りゅうぎ》に馴染《なじ》もうとしない。

いや、そんなことよりも、初めて会ったときの印象から、似通《にかよ》っていた。血塗《ちまみ》れの姿で剣を構え、闇《やみ》の中を疾走《しっそう》するラクリゼ。女神の位《くらい》から降りたばかりで、ただ端然《たんぜん》と、人形のように座っていたジィキ。動と静、見た目も正反対だというのに、二人は似ている。ともに崇《あが》める女神の性質も全く相《あい》容《い》れぬというのに、やはりどこか同じ空気を持っている。

「いやはや、ここ数カ月の私のふるまいは、いたくあなたの機嫌を損《そこ》ねてしまったらしい。どうすれば許していただけるのやら」

「機嫌を損ねてなどおりませぬ。むしろ、ようやくこの禍々《まがまが》しい気から解放されるのかと思うと、ほっといたします」

バルアンは苦笑した。

「これはこれは。本当に嫌われてしまったようだ」

ジィキはわずかに眉《まゆ》を寄せた。

「妾は言葉を紡《つむ》ぐのがうまくありません。妾は、あなたやマヤラータを嫌ってなどおりませぬ。ただ妾とは相容れぬ気をもっている、それだけです」

ジィキはこめかみに指をあて、うつむいた。彼女がなにかを語りたがっているのを察し、バルアンは待った。

やがてジィキは、ひとつひとつの言葉を噛《か》みしめるように語りだした。

「妾は……マヤルが目指す道には、むしろそうした荒々しい気こそが必要なのだということも、わかっております。邪《じゃ》をわがものとしてこそ、マヤルはその世界に到達される。マヤルが、あの娘の命を助け、おそばに置かれたのも、マヤルがそれをご存じだったからでしょう」

「いや、あれを助けたのは単なる気まぐれだ。過去については、それから徐々にわかってきたことなのでな」

「いいえ。マヤルはご存じだったのです。それを、自覚されていないだけ。人は、自分に必要なものと巡り会ったときには、本能的にそれを手に入れようとするのです」

「これは驚いた。実は他国の僧侶《そうりょ》にも、これは神意だと言われたのだ」

ジィキは、首を小さく傾けた。

「……神意と言ってよいのかどうかは、妾にはわかりませぬ。少なくともホウリャの意思ではございませんから。ただ妾が申し上げたいのは、あの禍《まが》つ神の守護を受けた娘は、マヤルにも大きな禍《わざわい》をもたらすであろうということです。ですが、マヤルならばあるいは、その禍を逆に福となさるかもしれませぬ」

そう語るうちにも、ジィキの顔は青ざめ、額《ひたい》には汗が滲《にじ》んできた。バルアンの放つ気――正確に言えばカリエの気の名残《なごり》は、それほどジィキには毒なのだろう。

ジィキのためを思うなら、早々《そうそう》に退散するべきだ。そうわかっていながら、バルアンはなかなか腰をあげることができなかった。ジィキが、ここまで真剣に、長く言葉を紡いでくれたのははじめてだった。これからやってくる嵐が、とてつもなく大きなものだと、よく知っているからなのだろう。バルアンは笑《え》みを浮かべた。

「あなたからそのような言葉をいただけるとは、何にも勝《まさ》る励まし。必ずまた、お会いできると信じている」

「必ず」

苦しげに、それでもはっきりとジィキは頷《うなず》いた。

「一の貴妃《ヤーエ・ラハジル》が、ルトヴィアにておのれの使命を果たしているのですから、妾も必ずそういたします。ですから、マヤルは必ず戻ってきてくださいませ。マヤルがいらっしゃらなければ、妾の存在する意味も、なくなってしまうのですから」

「ありがとう。だが、もし計画破れ、私が戻ってこられなかった場合には――」

「そのようなことは、聞きたくありませぬ」

「万が一の話だ。我々はいつでも、最悪の事態を想定しておかなければならない。もし私がマヤラータとともに命を落とした場合には、あなたはヒカイとともにお逃げなさい」

ジィキは目を見開いた。

「なんと申されます」

「私がいなくなれば、この宮殿の意味はない。ラハジルとしての義務を果たす必要はない。むしろ、いつまでもここに残っていては危険だ。あなたには帰る場所があるのだから、他のことは考えず、とにかくお逃げなさい」

「馬鹿なことをおっしゃるな！　妾には帰る場所などございません。女神の位を降りた女は、イギでは災厄《さいやく》をもたらすもの。忌《い》み嫌われるのです。それを知らぬわけではないでしょう」

「私が言っているのは、イギのことではない。ヒカイのことだ」

ジィキの顔が、紙のように白くなった。

「彼は、命を賭《と》してあなたを守るだろう。生涯《しょうがい》をあなたひとりに捧《ささ》げているのだから。それに彼とあなたの間には——」

「それ以上は口にしてはなりません！」

ジィキは鋭く言った。彼女にしては、大きな声だった。興奮してよけいに苦痛が増したのだろう、胸を押さえてジィキはくずおれた。

バルアンは慌《あわ》てて彼女の体を抱きかかえる。はじめて抱いたときから全く変わらない、少女のような、小さくか細い体だった。とても、子供をひとり産んだとは思えない。

ジィキよりもよほど恵まれた体をしていたサジェは、あれほど子供を望みながら、難産で命を落とした。ジィキも相当な難産だったが子供を産み、そしてその子供を存在しないものと見なしている。

「ホウリャは偽《いつわ》りを許さぬ女神のはず。あなたが自分を偽り続ければ、ホウリャはあなたを永遠に罰し続ける」

バルアンの声に、ジィキは弱々しく顔をあげた。

「あなたはもう、少女神ではない。どうあっても神には戻れぬし、少女にも戻れぬ。あなたは、すでに一児の母であるし、なによりも、女だ」

ジィキの顔が、嫌悪《けんお》と恐怖に引きつった。バルアンの腕にかけた手が、詰《なじ》るように震える。いつもならばバルアンも、ジィキがこれほど拒絶をあらわにしたら、すぐに退《しりぞ》く。しかし今日は、言わなければならなかった。彼女と話を交わすのは、これが最後かもしれないから。

「あなたは誇り高い、聡明《そうめい》な人だ。私はそれをよく知っているからこそ愛し、信頼し、今もこうして、私が去った後の後宮を託《たく》そうとしている。あなたは間違いなく、私の期待に応《こた》えてくれるだろう。だからこそ、もし私があなたの期待に応えられなくなったら、あなたは今度こそ、ご自分の思うままに生きなさい」

ジィキは何も答えなかった。悪寒《おかん》と恐怖と衝撃で、すでに目が虚《うつ》ろになっている。しかし、言葉は届いていると信じて、バルアンはそっと彼女の体を横たえた。

「それでは」

短い挨拶《あいさつ》を残して、バルアンはジィキの部屋を後にした。

それから夜明けまでかけて、娘やシャーミア、パージエのもとをまわった。誰もがバルアンを送り出すとき、涙を滲《にじ》ませていた。まるで今生《こんじよう》の別れのようだ、そんなにおれを殺したいのかとバルアンは笑ってやった。

しかし、誰よりも彼こそが、これが別れかもしれないという思いが強かった。

マヤライ・ヤガの生誕祭《せいたんさい》。今回は、ただの祭りではない。リトラに潜伏《せんぷく》している者の話によると、父親はそろそろ死期が近いらしい。側近《そつきん》は皆、マヤル・シャイハンの母親一派と結託《けつたく》して、彼に隠居をすすめている。六十六というのはエティカヤではひとつの区切りでもあるし、今度の祭りで父はおそらくマヤライ・ヤガの座を退く宣言を出すだろう。

シャイハンとの対決は、避けられない。兄も、昔ならばともかく、ロゴナ宮であれほど露骨《ろこつ》な挑戦を受けたのだから、全力で叩《たた》きつぶしてくるだろう。

今のところ、武力では圧倒的にシャイハンのほうが上だ。大臣たちの多くが彼を支持しているから、バルアンは孤立無援《こりつむえん》の状態だった。

それでも、負けるつもりはなかった。勝つのは自分だ。その一念で、ここまでやってきた。そのために、この地を選び、人を選んだ。

準備はほぼ整っている。ようやく、戦いが始まろうとしているのだ。だがそれは同時に、非常に危険な賭《か》けでもあった。

マヤライ・ヤガか、破滅か。

そのどちらかだ。負ける気はないとはいえ、正直、恐ろしい。これからのことを考えると、自然と体に力が入る。

しかし、後宮の門まで来て、バルアンは思わず笑ってしまった。そこに座っていたカリエが、よだれを垂《た》らして寝ていたからだ。

ここ数日、出発の準備に追われてろくに寝ていないのだろう。頬《ほお》が窶《やつ》れているようだ。熟睡《じゅくすい》している顔を、バルアンはじっと見つめた。

明日、バルアンと共にインダリを出るのは、カリエとムイクルだけだ。他の随従《ずいじゅう》は、マヤライ・ヤガへの大量の貢《みつ》ぎ物を運ばねばならぬので、先にクアヒナに向かっている。その他の奴隷《どれい》は、みなインダリに置いていくことになっていた。最悪の場合、二度と会えないかもしれない。最後まで面倒を見るのが主《あるじ》の責任だから、自分が帰ってこられなかった場合の彼らの処遇《しょぐう》は、コルドや他の側近たちに任せてある。ジィキにも念を押したように、妃《きさき》や自分の子供さえも、それは例外ではない。

しかし、カリエだけは別だった。彼女には、最後まで自分と行動を共にしてもらうつもりだった。

なぜなら、彼女はマヤラータだ。みずから、そう言った。ラクリゼかわたしかを選べ、ラクリゼを選ぶならここで斬《き》れとも言った。そしてカリエを選んだのだから、最後までつきあってもらうのは当然のことだった。

それまでも、強気で生意気な、おもしろい小娘だと思ってはいた。利用価値があると知ってからは手放すつもりはなかったし、いずれは名実ともに妃にするつもりだった。だが、今はまだ子供、しょせん道具だと侮《あなど》っていた。

それが、いつのまに変わっていたのだろう。知らぬうちにカリエは、同じ目線に立っていた。真っ向から勝負にうってでた。

カリエは、以前は嫌々つきあっていた視察《しさつ》や訓練にも熱心に取り組み、本を読んでは容赦《ようしゃ》ない質問を浴《あ》びせてきた。その底なしの好奇心と吸収の早さには、目を瞠《みは》るものがあった。どんどん覚えていくのがおもしろくて、コルドに「いつのまに教師に目覚めたんですか」と笑われるぐらい、バルアンもいろいろなことを教えた。

サルベーンは、この娘の存在は奇跡だと言った。ラクリゼは、はっきりと口には出さなかったが、明らかにカリエに執着《しゅうちゃく》していた。それに気を惹《ひ》かれつつも、こんな小娘になぜそこまでと思わぬでもなかった。

だが今は、彼らの目は正しかったのかもしれないと思う。

たしか、カリエは今年ようやく十六になったばかり。とはいえ、はじめてここに来たときに比べればずいぶんと顔立ちが大人びてきた。あと一、二年もすれば、極上の美女とはいわぬまでも、じゅうぶん魅力ある女になるだろう。

バルアンは屈《かが》んで、カリエの頬を軽くつねった。

カリエはすぐに目を覚ました。何度か瞬《まばた》きをして、目の前にいる人物を確認すると、慌《あわ》てて立ち上がった。

「すいません、寝てしまいました。もうお帰りですか」

「ああ。まず、よだれを拭《ふ》け」

「えっ」

カリエは真っ赤になって、口元を拭《ぬぐ》った。その姿に、バルアンは再びふきだした。

「……まあ、このぶんでは、その日もまだまだ遠いか」

「は?」

「なんでもない。行くぞ」

怪訝《けげん》そうに尋ねるカリエの頭をたたき、バルアンは歩き出した。

4

カリエとバルアン、そしてムイクルの三人は、騎馬《きば》でクアヒナを渡っていた。

カリエがドミトリアスの戴冠《たいかん》式のためにこの地を往復したのは、五カ月ほど前のこと。あのときは真冬で、大地はひび割れ、ただ荒涼《こうりょう》とした景色が続いていたが、今はわずかに生気が戻っている。

それが季節のせいばかりではないことを、カリエは祈った。ドミトリアスの即位《そくい》によって事態は好転しているのだと思いたかった。

「即位してまだ半年だろう。そんなに早く、効果がでるものか」

カリエの期待を、バルアンは笑った。

「まあ、タイアークからいろいろと派手な噂《うわさ》は届くがな。大臣任命《だいじんにんめい》でもめにもめて、前皇帝時代からとどまっていた宰相《さいしょう》が不審《ふしん》な死を遂《と》げたとか。皇帝が帝国議会で激怒《げきど》して、しかも一部がそれに同調して議会はじまって以来の大乱闘になって、皇帝まで怪我《けが》したとか」

カリエは蒼白《そうはく》になった。

「ほんとですか」

「さあな。噂だ。それから皇后が軍務大臣と公衆の面前で大喧嘩《おおげんか》して、決闘寸前までいったらしい」

「うーん……それはありそうだなあ」

「ああ、あとロゴナ宮では、貴婦人によからぬ風潮がひろまっているらしい」

「よからぬ風潮?」

「皇后《こうごう》の親衛隊にさらに親衛隊がついて大変だそうだ。外野がうるさくて訓練にならないと言って皇后の機嫌は悪くなるわ、隊長が怒鳴れば興奮のあまり卒倒《そっとう》する女が続出するわ、さらにすっかり人気の落ちた近衛《このえ》連隊はじめ騎兵《きへい》連中は、親衛隊をなんとかして軍から追い出そうとするわで大変らしい」

「……はあ」

ばかばかしい。あきれていると、バルアンはまじめな顔でたしなめた。

「おまえそんな顔をしているがな、これは問題だぞ。親衛隊と近衛連隊の反目《はんもく》は深まる一方で、皇后と近衛隊長の両方からつきあげをくらった皇帝が困り果て、親善《しんぜん》をかねた模擬《もぎ》試合を提案したんだそうだ。皇帝は、いくらなんでも近衛連隊が勝つだろうと思っていたんだろう。なにしろ帝国一のエリート部隊だからな。ところがだ」

「……まさか、皇后の親衛隊が勝っちゃったんですか?」

「らしいぞ。面目《めんぼく》丸つぶれの近衛隊長は、自殺したという噂だ。皇后はこんな使えない近衛などいらない、鍛《きた》え直してやると吠《ほ》えたあげくに軍務大臣とぶつかるし、じゃじゃ馬の嫁をもらった新帝も苦労をしているようだ」

バルアンはおもしろそうに言った。カリエは心からドミトリアスに同情した。噂だからあてにはならないが、いかにもありそうな話なのが怖い。

カリエが心配だと口にすると、バルアンはあきれたように笑った。

「人の心配をしている場合か? ルトヴィアの皇帝夫妻より、今はおれたちのほうが事態は深刻だぞ。命が懸《か》かってるんだからな」

「はあ、まあ」

口ではそう答えたものの、どうも深刻な危機感というのはわいてこない。のほほんとしているカリエに、バルアンはもう一人の小姓《こしょう》を顧《かえり》みた。

「ムイクル、どう思う。なんだってこいつはこう暢気《のんき》なんだ」

「マヤルの教育がよろしいからでは？」

二人のやや後ろについたムイクルもまた、全く不安のない顔で言った。

「…おまえも、危機感が足りないようだな」

「そんなことはありません。いつ刺客《しかく》が来るかもしれぬと、怯《おび》えております」

「そういうことはせめて、少し怯えた顔をして言ってほしいものだ」

と言う自分こそが、いちばん緊張感に欠けているということに、気がついているのかどうか。カリエはそっと苦笑をもらした。

本来ならば、悲壮《ひそう》感が漂っていてもおかしくない旅なのに、どうものんびりしているのは、やはり主《あるじ》のバルアンに負うところが大きい。彼は、宮殿にいるときと全く変わらなかった。そのせいかカリエには、日課になっている砂漠の散歩の延長のようにしか思えなかった。

思えば、彼が何かに動揺したり慌《あわ》てるところなど、見たことがない。しょげたところだけは一度だけ目にしたが、いつもと違った顔といえばそれぐらいだ。その飄々《ひょうひょう》としたところが癪《しゃく》にさわったものだったが、こういうときはありがたい。

また今回の旅は、タイアーク行きとは違って、余計な荷物や妃《きさき》の輿《こし》がないので進みは早いし、三人だけという気楽さもある。とくにカリエには、じき船に乗れるという期待があったため、むしろこの旅は、楽しいものだった。

そしてとうとうクアヒナ南端の港に出たときは、ひろがる紺碧《こんぺき》の海に歓声をあげた。

「海だー！　きゃーすごーい！」

馬上ではしゃぐ彼女に、バルアンとムイクルは顔を見合わせて笑った。

「なんだカイ、船に乗るのが初めてだと聞いていたが、海を見るのもはじめてなのか？」

「いえ、北海なら何度か。でもあの海はいつも灰色で、波が高くて。南洋は——ああ、夜の海なら見たことがあります」

カリエは顔をくもらせた。

この海は、カデーレの海にも通じている。皇子宮にいた頃、夜にこっそりカデーレ宮を抜け出して、港に降りたことがあった。一度目は、ドミトリアスの後をついていった。二度目は、ミューカレウスと一緒だった。そのとき暗殺者《あんさつしゃ》に襲われ、ミューカレウスはひどい怪我を負ったのだった。

だが、今こうして見る海は、なんと明るく美しいのだろう。カデーレでも、やはり海は穏やかに輝いているのだろう。あの晩の悲劇など、知らぬ顔で。

ミューカレウスは今、西公国で療養《りょうよう》しているはずだ。医師は、重度の後遺症《こういしょう》が残ると言っていた。実際、カデーレを去るときのミューカレウスは、まったく動けなかった。

あの晩ふたりは一緒に襲われたのに、ミューカレウスは西公国で動けぬ体で横たわり、いま自分は、あのとき見ることのなかった昼の海に船出しようとしている。そう考えると、無性《むしょう》にせつなくなった。

「どうした、珍しく深刻な顔をして。怖くなったか?」

からかうようなバルアンの声に、我《われ》に返る。

「ちがいますよ。こんな穏やかできれいな海、怖いはずないじゃないですか」

「穏やかなばかりではないぞ。それに穏やかすぎるのも、実は嵐よりたちが悪い。まあ今日は、船出にはいい具合だが」

バルアンは目の上に手をかざし、遠い水平線を見やった。

彼の姿を見て、数名の男たちが駆け寄ってきた。カリエは一瞬警戒したが、顔を見てほっとした。準備のために、カリエよりも前にインダリを出た者たちだ。もう準備は整っているというので、バルアンは馬を預け、さっそく船にむかった。

用意されていたのは、中型の船だった。帆柱《ほばしら》は三本。横腹に五門の砲門《ほうもん》があるだけで、装備は貧弱だ。とてもエティカヤのマヤルが、父親の生誕祭《せいたんさい》を祝うためにリトラへ向かうべく乗り込む船とは思えなかった。

「これでいいんだ。おれが海路で行くなんて知れたら、むこうはまちがいなくリトラにつく前に沈めようとするだろうからな。わからないように、商船仕様《しよう》にしてある」

カリエが不安を表明すると、バルアンはそう説明した。

「でも、このあたりには海賊《かいぞく》もいるんでしょう？　大丈夫なんですか」

「いちおう、護衛はつく」

バルアンが指し示した先には、商船とほとんど同じ大きさの船があった。砲門の数はさすがに商船よりも多いが、あまり頼りになるようには見えない。

「えー……あれですか？」

「あまりでかい声で言うな。あれは、クアヒナ公の厚意《こうい》なんだ」

そう言われてよく見てみれば、中央の帆柱の上には、クアヒナ公国海軍の旗がある。船上を行き来する男たちも、制服を着ていた。

「あれ、海軍なんですか？」

そのわりにはしょぼい、と続けそうになるのを、カリエはすんでのところで飲み込んだ。バルアンは合点したらしく、「クアヒナも今は大変だからな」と笑った。

商船の前には、護衛船の船長はじめ、このあたりの実力者らしい面々が顔を揃《そろ》えていた。彼らがバルアンに長々と挨拶《あいさつ》するのを横に聞きながら、カリエはムイクルと協力して、船内に荷物を運んだ。

バルアンがようやく解放され、疲れた面《おも》もちで船に乗ると、すぐに出港となった。

帆が張られ、錨《いかり》が巻き上げられる。カリエは甲板《かんぱん》に出て、わくわくしながら海を見た。ひろがった白い帆はいっぱいに風をはらみ、船はすべるようにすすんでいく。

なんて気持ちがいいのだろう。カリエは上機嫌で、無限に続く海を眺めていた。陸にいるときとは全く違う、この感覚。体の奥から、なにかが解き放たれるような感じがする。

蒼《あお》い空をうつし、海はどこまでも碧《あお》い。神話では、翼《つばさ》をもがれたリシクの血だと言われているが、そんな凄惨《せいさん》な印象はどこにもない。これが血だというのなら、リシクはさぞかし美しく、やさしい鳥なのだろう。

船に寄せては、弾《はじ》けて引いていく波の音。帆のはためく音。なにもかもが気持ちを浮き立たせる。できることなら、このままずっと遠くまで行ってみたかった。水平線のむこう、リシクの血が消えるところ、この世の果てを見てみたいと思った。

「嬉《うれ》しそうだな」

飽《あ》きずに海を眺めていると、背後からバルアンがやって来た。

「はい。この海って、どこまで続くんでしょう」

「さあ。タクナ・ロウは大陸を制したが、海を制した人間というのは聞かないからな」

「じゃあ、この海のどこかには、ここのように大きな大陸があるのでしょうか」

まだヤンガの山村にいた頃は、カラリシカ諸島が世界の南端なのだと思っていた。これは、カリエがとくに疎《うと》いのではない。北の人間の認識は、この程度のものだ。

だが、大きな地図を見てみれば、カラリシカの南にも海がひろがっている。そしてその果てに、大きな島がいくつも連《つら》なっていることも知った。

「そうだな、今のところは、大陸と呼べるほどのものは発見されていないが、もしかしたらあるのかもしれん。むこうでも、北には、この大陸のように大きなところはあるのかと言っているかもしれないな」

バルアンの言葉に、カリエは顔を輝かせた。

「そうかあ、そう思うと楽しいですね」

南には、どんな人たちが住んでいるのだろう。どんな文化があるのだろう。カリエの意識は、大陸を離れ、はるか遠くまでとんでいく。

今の自分の世界は、ヤンガの山村にいた頃よりはずっと広いけれど、本当の世界はもっともっと広いのだ。この海のむこう、そしてこの空のむこう。いたるところに自分の知らない人たちがいて、思いもよらない世界をつくっているのだろう。そう思うと、いろいろなことで悩んでいる自分がずいぶんと小さな存在のように感じた。しかしそれは、決していやな感覚ではなかった。自分の魂《たましい》がこの体から飛び出して、とても大きくて穏やかなものに同化していくような、とてつもない解放感だ。

カリエは、不思議な喜びに身を浸《ひた》していた。この説明のつかない幸福感には、覚えがある。あれはたしか、まだ後宮にいた頃。ビアンの供で遠駆《とおが》けに出て、エドとともに小川の近くで休んでいた。そのとき、二人でアーキマを唱《とな》えた。高らかに歌い上げるごとに、心が柔《やわ》らかくなり、外に流れでていくような気がしたものだ。

——罪深き我の魂の

突然すぐ近くでアーキマが聞こえてきたので、カリエは驚いた。

見れば、なんとバルアンが唱えている。カリエが目を見開いていると、バルアンはアーキマを中断して苦笑した。

「どうした。アーキマが珍しいわけでもあるまい」

「……いえ、なんだか心を読まれたような気がしたので」

「なんだそれは」

「わたしもちょうど、アーキマを唱えたい気分だったんです。びっくりした」

「ほう」

今度はバルアンが目を瞠《みは》った。

「もうおまえも、立派にオル教徒だな」

「そうですか?」

「自然にアーキマが出てくるならば、そうだろう」

言われてみれば、タイアス教の教典の章句は、ちらとも頭に浮かばなかった。

カリエの傍《かたわ》らで、バルアンはアーキマを詠《うた》い続けた。お世辞《せじ》にもいい声とは言えないが、不思議とカリエの心にはぴったりと合致し、染《し》みわたっていった。

しかし、その穏やかな時間は、長くは続かなかった。

出港してしばらくは、波のない落ちついた状態が続いていたが、やがて風が強くなり、波が高くなってきた。船に慣れていないカリエは、その揺れに翻弄《ほんろう》され、初心者は必ず経験しなければならない洗礼《せんれい》を受けることとなった。

船酔いだ。

真っ青になってへたりこんだカリエは、すぐに船室に運ばれた。いろいろと世話をしてくれるムイクルは、平然としている。バルアンも同様だった。

「情けないな。もう酔うとは、いくらなんでも早すぎるぞ」

バルアンはあきれていた。なんであんたたちは平気なのよ、と返したいところだったが、口を開くと吐《は》きそうになるのでカリエは黙っていた。

しばらく耐えれば、おさまるだろう。カリエはそう思っていたが、すぐに自分が甘かったことを思い知らされた。

波はどんどん高くなっていく。したがって、船の揺れは激しくなっていく。カリエの気分はますます悪化していった。

出港してまる一日たっても、船酔いはなおらなかった。ほんの時折、穏やかな時間が訪れるものの、またすぐに波に揺られる地獄が続く。海の天気は極端に変わりやすいと聞いたが、それは誇張《こちょう》ではないのだと、体で思い知らされた。山の天気も気まぐれだったが、その比ではない。

あてがわれた盥《たらい》に吐くたびに、ムイクルが処分してくれた。すぐそばでカリエが吐いてもバルアンはいやな顔ひとつしなかったが、そのかわり、大丈夫かと声をかけることもしなかった。今も、カリエの存在など忘れた顔で本を読んでいる。

「……マヤル、なんで平気なんですか……」

もう吐くものもなくなったカリエは、恨《うら》めしげに言った。こっちは、もう立つことさえできない。気分が悪いという問題以前に、これだけ揺れては、立ち上がることは不可能だ。さきほどまでは平然としていたムイクルも、さすがにやや青ざめた顔をしている。

しかしバルアンはあいかわらず涼しい顔をして、暢気《のんき》に焼き菓子など食べながら本を読んでいる。この揺れで、よく文字など読めるものだ。

「かなりつらそうだな。どうりでおとなしいと思ったが」

バルアンは本から顔をあげ、真っ青なカリエを笑った。

「……もう死にそうですよ……」

「船酔いで死んだ人間はいない。おれも初めて海に出たときは、すごかったもんだ。何度も乗れば慣れる」

「エティカヤのマヤルが、なんで何度も船に乗るんですか」

「子供の頃の夢は海賊になることだったんでな」

「海賊って……エティカヤは騎馬《きば》の民族でしょう?」

「そうだが、海も悪くないと思ってな。海に出ればもう命を狙われることもなくなるし、面倒が減ると子供の頃は思っていた」

そういうことか。カリエは少しバルアンに同情した。今からはとても考えられないが、このマヤルにも、全てから逃げ出したいと弱気になることがあったのだろう。

船酔いから意識をそらすために、彼のいたいけな少年時代をなんとか想像してみようとつとめていたカリエは、いきなり寝台から放り出された。

今までとは比べものにならない、凄《すさ》まじい揺れだ。そして、この轟音《ごうおん》は。

したたかお尻《しり》を打ちつけ、痛みに呻《うめ》きながら、カリエはバルアンを仰《あお》ぎ見た。さすがのバルアンも、緊張の面《おも》もちで立ち上がった。

「……マヤル、今のはなんですか?」

かすれた声で尋《たず》ねると、バルアンはカリエを見ずに言った。

「大砲だ」

「たいほう!?」

ぎょっとしたところに、再び震動が来た。さきほどのものとは違い、下から思い切りつきあげられるような感覚。

「撃ち返したな」

バルアンのつぶやきに、カリエは絶句した。

大砲の撃ち合い。船酔いで吐いている場合ではない。船酔いで死ぬことはないとバルアンは言ったが、大砲の撃ち合いなんぞしたら、まちがいなく死ぬ。

耳を済ませば、船室の外も異様に騒がしい。バルアンは「ちょっと待っていろ」と言って、外に出て行った。

バルアンのいない時間は、ひどく長く感じられた。カリエもムイクルも、一言も喋《しゃべ》らなかった。いや、喋れなかったのだ。

再び、衝撃と轟音が来た。そこに被《かぶ》さるように、何かが破壊されるような、それは凄まじい音がした。

内臓がひっくりかえるような感覚と、つきあげてくる恐怖に、カリエは再び吐いた。恐怖のあまり気持ち悪さが紛《まぎ》れればまだましだが、残念なことに、両方ともカリエをいっそう追い詰めるだけだった。

やがて戻ってきたバルアンの顔は、やや青ざめていた。しかしカリエにはもう、問いただす元気はなかった。

それでも、バルアンがこう言ったときには、口を開けた。

「護衛船がやられた。中央の帆柱に弾が命中したらしい」

「相手は誰なんです?」

尋ねるムイクルの声は、震えてかすれている。常に冷静な彼がこんな声を出すのは珍しかった。

「海賊だ」

バルアンは、簡潔《かんけつ》に答えた。

海賊。

次第に遠くなってきたカリエの耳に、その言葉だけはやけにはっきりと響いた。

「どこの海賊でしょう」

「旗が黒だから、ルトヴィアだろうな」

「では、マヤルと知って襲ってきたわけではないのですね」

「それはどうだか」

二人のやりとりを、カリエは朦朧《もうろう》とした意識の中で聞いていた。

最悪の事態が起きているらしい。それだけは、わかった。

船出してまだ一日しかたっていないのに、さっそく海賊に狙われるなんて。あまりにもついていない。

このまま殺され、沈められてしまうのだろうか。次第に激しくなる撃ち合いと、船にたちこめる恐怖と怒号《どごう》を全身で感じながら、カリエは絶望した。

が、ふいに静寂《せいじゃく》が訪れた。

撃ち合いが止《や》み、叫び声が消える。こころなし、波もおさまった。

何があったのだろう。カリエはわずかに体を起こした。静寂はそれほど長くは続かなかった。再び軽い衝撃がきて、上の甲板から慌《あわ》ただしい足音と怒声《どせい》が聞こえてきた。

足音は、近くなってくる。階段を降りる音。そして廊下《ろうか》を走る音。

ムイクルが、バルアンを庇《かば》うように前に立った。

足音が、船室の前で止まる。

「ここか」

野太い声が、聞こえた。それに答える「そうです」という弱気な声は、たしか船長のもの。

たたきつけるような音とともに、扉が開かれた。

現れたのは、手に湾刀《わんとう》をもった大きな男。肌は異様に灼《や》けていて、薄汚れた服を纏《まと》い、頭にはやはり汚い布を巻いていた。

伝え聞く「海賊」を忠実に再現したその姿に、カリエはいっそ感動すら覚えた。

「マヤル・バルアンはどこだ」

海賊そのものの容姿の男は、刀を構えて尋ねた。クアヒナ訛《なまり》の強い、ルトヴィア語だった。

バルアンが、ムイクルを押しのけ、前に出る。

「おれだ」

「…あんたか」

男は値踏みするような目で、バルアンをじろじろと眺め回した。

「ふん、なるほど。聞いたとおりだ」

やがて男はひとり納得したように頷《うなず》くと、にやりと笑った。

「俺は、チムダだ。この状況を見ればわかると思うが、この船の宝はおれたちが頂くことにした。護衛の船は沈んだ。おまえらも、抵抗すれば殺す。わかったか」

「わからざるをえないだろうな」

「聞き分けがいいとありがたい。宝は下か？」

「ああ」

バルアンが頷くと、男は背後の部下らしき者たちに合図をして、バルアンとカリエ、ムイクルをまとめて縛《しば》りあげた。

そして船倉《せんそう》から、マヤライ・ヤガへの贈り物をすっかり運んでしまうと、今度はバルアンたちを連れだし、自分たちの海賊船に乗り移らせた。

「よし、船を出せ！」

男の合図とともに、海賊船は商船から離れていく。

カリエはふらつく足をふんばり、遠く離れていく船を見つめた。船長たちが、茫然《ぼうぜん》とした面もちで甲板に立っているのが見える。

「彼らはどうなるんですか？」

カリエの声に、隣で同じものを見ていたバルアンが押し殺した声で答えた。

「運が良ければ、助かるだろう」

「……わたしたちは？」

「しばらくは生かしておくだろう。取引に使うつもりだろうからな」

「それは、やはりマヤル・シャイハンとですか？」

「まあ、そのあたりとみていいだろうな。やはり、情報が漏《も》れていたらしい」

カリエは絶望のあまり、目の前が真っ暗になるのを感じた。

「王子様、夜風は体に悪い、中に入ったほうがいいぜ」

チムダと名乗った船長は、親切を装《よそお》った笑顔で言った。しかしバルアンは動かない。船員の一人が焦《じ》れて、彼を殴《なぐ》りつけた。

「バカ、何してやがる！　こいつは大切な取引材料だ、手荒に扱うんじゃねぇ！」

船員を怒鳴りつけてから、チムダは再びバルアンに笑顔で向き直った。

「しかしよぉ王子様、あんたほんとにリトラに行く気があったのか？　あんなしょぼい護衛じゃ、襲ってくれって言ってるようなもんじゃねえか。俺たちが来なくても、リトラに行くまでに間違いなくやられてたぜ。まあ俺たち穏健《おんけん》な海賊にあたったことを感謝するんだな」

「……感謝だと？」

バルアンの口から、地を這《は》うような声がこぼれた。

「きさまのような屑《くず》が、このおれに感謝しろだと？　冗談でも口にするな」

怒気を露《あらわ》にした眼光に、チムダたちは目に見えて怯《ひる》んだ。しかし、「屑」と言われたことにはさすがに気分を害したらしい。

「おいおい、あんた自分の立場がわかってんのか？　エティカヤの王子様だか何だか知らねぇが、今は俺たちに命握られてんだ。あんまりでかい口たたくと、どうなっても知らねぇぞ」

「取引に使うんじゃなかったのか？」

「仮《かり》にあんたを殺しても、お宝はいただける。あれだけでも充分な金になるからな」

チムダは、ことさら酷薄《こくはく》な笑みをつくった。

「ふん、それもいいかもしれねぇな。せっかくだから教えといてやるが、俺たちは皆、クアヒナの出身だ。昔はまともに商船で稼《かせ》いでたんだよ。それがよ、帝都の無能な連中とあんたのせいで、商売あがったりで、このままじゃ食ってけねぇってんで海賊に転向したんだよ。俺たちは皆、あんたには恨みがあるんだよなぁ」

なぶる言葉にも視線にも、バルアンは全く反応しなかった。すでにチムダたちに興味を失った様子で、そっぽを向いている。

チムダはかっとして、先ほど船員をどやしつけたのも忘れて、バルアンを思い切り蹴《け》りつけた。今度はさすがにバルアンも倒れた。カリエとムイクルは、とっさに彼を助けようとした。

しかし、縛られていて自由がきかない。

「なめやがって。まとめて船倉にぶちこんどけ！」

船長の怒声に、男たちは人質を小突《こづ》いてすすませた。

「大丈夫ですか、マヤル」

カリエが小声で尋ねると、バルアンは唇《くちびる》の片端をつりあげた。そしてそのままの顔でゆっくりとふりむき、チムダを見据《みす》えた。

「後悔するぞ、屑」

＊

クアヒナの商船が、貧窮《ひんきゅう》のあまり海賊に転向するのは、ここ最近は珍しいことではなくなった。

チムダの船も、海賊となってそろそろ一年が経《た》つ。彼らは小さな商船を襲いながら、少しずつ力を蓄《たくわ》えていった。そして今から二カ月前、商人を装って入ったクアヒナの港で、彼らは素晴らしい情報を耳にした。

エティカヤのマヤル・バルアンが二カ月後、父親の生誕祭に出席するため、大量の宝を積んでここからリトラに向かう——と。

彼らは狂喜《きょうき》した。チムダの海賊船は、いまだ大きな獲物《えもの》にあたったことがなかったのだ。こんな素晴らしい機会は、そうあるものではない。

出発までの二カ月の間に、この美味《おい》しい情報は、他の海賊たちにも伝わってしまうかもしれない。エティカヤのマヤルの船と聞いたら、皆とびつくにきまっている。

そこでチムダたちは、バルアン一行が船出して間もないうちに、襲うことに決めた。陸に近ければ、海軍艦の巡回《じゅんかい》にあたってしまう可能性が高いので危険だが、他の連中に横取りされたくない一心で、敢行《かんこう》した。そしてそれは、驚くほどうまくいった。

「いやほんとに、まさかあんな小さい護衛艦ひとつだけとは思いませんでしたねぇ」

思いがけない成功にわいたチムダ海賊団は、その夜は樽《たる》を開放しての大宴会となった。

「クアヒナ海軍が火の車だと聞いてはいたが、あそこまでとはな。それに、相手はマヤルといっても辺境の総督《そうとく》だから、あんなもんだろ」

普段はあまり酒をやらないチムダも、今日は上機嫌でジョッキを干していた。

これも神の加護というやつだろう。思えば、ろくな人生ではなかった。さんざん苦労して、ようやく自分の船をもてたと思ったら不況のあおりをくらって商売あがったり、屈辱《くつじょく》の海賊転身を遂《と》げることになった。真面目《まじめ》に生きてきたのに、このざまだ。

一時は神を恨《うら》みもしたが、やはりタイアスは見ていてくださる。ようやくここで、自分は今までの苦労の報《むく》いを受けることができたのだ。

宝は「海賊島」で、売りさばくつもりだった。あそこには、略奪品《りゃくだつひん》を高値で買い取る闇《やみ》商人がうようよいる。

そしてもうひとつの宝――船倉に閉じこめてあるマヤル・バルアンについては、リトラかヨギナあたりで、情報を流すつもりだった。行方《ゆくえ》知れずとなったら、彼の父や兄は躍起《やっき》になって探すだろう。

エティカヤでは今、王位相続の問題が表面化しているという。引き渡した途端にバルアンは殺されるかもしれないが、そんなことはこちらの知ったことではない。あんな傲慢《ごうまん》な男は、せいぜいむごたらしく殺されればよいのだ。

宝とバルアンを売った金があれば、もっと船を大きくできるし、大砲も積める。いや、なにも、こんな危険な海賊稼業《かぎょう》を続ける必要はない。船員たちを騙《だま》して捨てて、金を独《ひと》り占《じ》めしてしまえば、一生遊んで暮らせるではないか。そうだ、それがいい――

「せ、船長！」

チムダ船長の楽しい想像は、見張り台からの叫び声によって中断された。邪魔《じゃま》をされたチムダは不機嫌もあらわに、怒鳴りつける。

「なんだ！」

「な、南南西から、船が近づいてます！」

恐怖にひきつった叫びに、それまで賑《にぎ》わっていた甲板も一気にしずまった。

「それぐらいでうろたえんな。どんな船だ」

「そ、それがとてつもなくでかい船です！　それに速い……！」

再び、船員たちがざわめいた。

「軍艦か？」

「いえ。黒塗りの……ああ、あの旗は！」

若い見張り番は、望遠鏡を手にしたままへたりこんでしまった。チムダは舌打ちし、船尾甲《せんび》板に駆け上がると、自分専用の望遠鏡を南南西の方角に向けた。

息が止まった。

「……冗談だろう」

手が震えた。

凄まじい勢いで、こちらに近づいてくる黒塗りの巨大な船。

月光をあび、中央の帆柱のてっぺんに、誇らしげにひるがえる真紅《しんく》の旗。

ルトヴィアの海賊は、髑髏《どくろ》をあしらった黒い旗を使う。しかしエティカヤの海賊は、血で染め上げたような、鮮やかな紅《くれない》の旗だ。

その中でも、今チムダが見ている海賊旗は、もっともよく知られている。真紅に浮かぶ、黒い太陽と月。昼も夜も、この世全てを統《す》べる者という意味らしい。

その傲慢《ごうまん》な海賊旗が近づいてきても、彼らはただ沈黙して待つしかなかった。

　チムダの望遠鏡は、船尾に立つふたつの影を認めた。ひとりは、驚いたことに女だった。それも、非常に美しい女だ。だがその目が金に輝いていることを知り、チムダはひっ、と声をあげた。

　呪《のろ》いを払う文句をつぶやき、慌ててザカール人から目をそらすと、次にやたらと背の高い男が現れた。がっしりとした体つき。腰には、ばかでかい剣をさげている。精悍《せいかん》な顔は不敵な笑みを浮かべ、色違いの目がまっすぐこちらを見据《みす》えていた。

　やがて肉眼でも彼らの姿が確認できるようになり、とうとう二隻《せき》の船は、ふれ合わんばかりに近づいた。

「よう、ルトヴィアのお仲間さんよ。調子はどうだ?」

　船尾に立つ男が、よく響く声で言った。ややガゼッタ訛のある、ルトヴィア語だ。

「——ああ、まあまあだ」

　チムダが震える体を必死に抑《おさ》えながら返事をすると、相手はにやりと笑った。

「そいつは結構。ところであんた、マヤルをひとり積んでるだろ?」

　チムダはぎょっとした。

「おれの手下が、バルアンが乗ってる船を襲いに行ったら、もうすっからかんだって言うからさ。で、その船の生き残りが、その骸骨旗《がいこつき》を教えてくれた」

　男は顎《あご》で、チムダの船の旗を示した。

「というわけで、悪いんだが、盗《と》ったお宝、おれに譲ってくんねぇかな?」

チムダは愕然《がくぜん》とした。

「そりゃひどい。こういうのは、早いモン勝ちだろ?」

「まあな。おれも悪いとは思うぜ。けど、今回ばっかりは譲れねぇ」

男は腰から剣を抜いた。

鞘《さや》から出すと、改めてその巨大さに目を瞠《みは》る。いったいどれほどの重さがあるのだろう。チムダは慄然《りつぜん》とした。

その化け物じみた代物《しろもの》を、男は片手一本で摑《つか》んでいる。そうせざるを得ないのだ。彼には右手しか、ないのだから。

「どうせ、おまえさんの手にゃ余るお宝だ。いやだってんなら、しょうがねぇから力ずくで獲《と》らせてもらうが、どうだい?」

長大な白刃《はくじん》が、月光をぎらりと返し、男の顔を照らした。

彼はあいかわらず笑っていた。無邪気《むじゃき》な子供のように、あるいは獰猛《どうもう》な獣《けもの》のように。

海に生きる者ならば誰でも名を知っている、海神に愛された男、トルハーン。

『後悔するぞ』

バルアンの声が、聞こえたような気がした。

「……こういうことか」

チムダは呻《うめ》いた。

せっかく得た幸運だ。手放したくなどない。これがトルハーンでさえなければ、間違いなく迎撃《げいげき》の命令を下した。しかしこの状況で命令したとしても、従う者がいるとは思えなかった。大物の海賊を潰《つぶ》し名をあげたいという野望はあっても、さすがに今の武力で、この太陽と月に逆らうほど、命知らずではない。船を旋回《せんかい》させて砲門を向けたが最後、あっというまにこの船は粉砕《ふんさい》されて、海の藻屑《もくず》と化すにきまっている。

「俺はつくづく、不運に生まれついてるらしい」

今のチムダに出来るのは、神を呪うことだけだった。

＊

タイアークは、一年で最も美しい季節を迎えていた。

しかし、その都《みやこ》で最も美しい宮殿に住まう皇帝ドミトリアスは、輝かしい季節を堪能《たんのう》する余裕などまるでなかった。即位してから半年、問題の起こらぬ日などない。即位前にも増して連日多くの人間と会わねばならず、しかもそれが話の通じない者ばかりなので、彼の鬱憤《うっぷん》はたまる一方だった。

だが、今日の相手は、ひどい忍耐を強《し》いられずに済む数少ない人間のひとりだった。

元ガゼッタ海軍士官、そして現在は皇帝直属艦隊第六艦隊旗艦《きかん》艦長、ランゾット・ギアス海《かい》佐《さ》だ。対するドミトリアスの表情も、自然やわらかいものになる。

「体の具合はいかがかな、ギアス海佐」

尋ねると、相手は頭を下げた。

「おかげさまで。だいぶよくなりました」

という言葉とは裏腹《うらはら》に、海佐の顔色はあいかわらず悪い。

はじめて彼と会ったのは即位直前、昨年末のことだったが、あの時からたいして回復していないように見える。三月前に昏倒《こんとう》し、つい最近まで寝込んでいたとも聞いたが、嘘《うそ》ではないのかもしれない。

監獄《かんごく》で得た病《やまい》というのは、やっかいだと聞いている。こんな状態で海に送り出して果たして大丈夫なのだろうかと、ドミトリアスは不安になった。

「貴官《きかん》を呼んだのは、ほかでもない。第六艦隊の試航海が五日後に迫っているが、様子はどうだ。順調か」

「はい」

「聞いた話によると、貴官の艦隊は、旗艦が他の艦隊に比べてずいぶん小さいそうだな。提督《ていとく》が泡を吹いていたが」

「はい、提督には、気が触れたのかと言われました」

淡々《たんたん》と答えるギアスに、ドミトリアスは思わず笑ってしまった。先日彼のもとにやってきた第六艦隊の老提督は、この旗艦艦長をクビにしてくれと泣きついてきたのだ。ギアスは昔は優秀な海軍士官だったのかもしれないが、あれは絶対に監獄熱に頭をやられてしまったにちがいない。あんな小さな艦ではすぐにやられてしまうに決まっているのに、どれだけ言っても聞く耳をもたないと。

実際、こうして見るかぎり、ギアス海佐には提督の不安などまったく届いていないようだった。第六艦隊の提督に指名されたのは、家柄と人柄の好《よ》さだけが取り柄と言われる老人だ。ギアスが自由にやれるようにという配慮《はいりょ》だが、やはり提督には少々かわいそうだったかもしれないと、ドミトリアスはいくらか同情した。

「まあよい、第六艦隊については貴官に一任《いちにん》してある。提督と話しあって、うまくやるがよい。それでだ、これは提督にも話したが、ひとつやってほしいことがある」

ギアスは怪訝《けげん》そうにドミトリアスを見上げた。

「トルハーンの討伐《とうばつ》では?」

「それはもちろんだが、もうひとつ。実は先日、クアヒナ近海で、商船とクアヒナの護衛船が海賊に襲われた」

ギアスの表情が、さっと硬くなった。

「トルハーンにですか」

「いや、襲ったのは、嘆《なげ》かわしいことに我が国の海賊らしい。幸い、商船と護衛船は、数日後にクアヒナの軍艦に保護されたのだが、そのときに商船の船長が、信じられんことを言った。なんでも、その商船にはバルアン王子が二人の小姓とともに乗っていたそうだ」

「……バルアン王子が？」

「極秘《ごくひ》で、リトラに向かう途中だったそうだ。東公にも確認したから、間違いない。それで、バルアン王子と小姓は、宝とともに海賊どもに奪われたらしい」

「それは由々《ゆゆ》しき事態ですな」

ギアスは顎《あご》に手をあて、低く呻《うめ》いた。

「王子をさらった海賊は、まだ見つかってはいない。保護された船長が、骸骨旗の模様を覚えていた。これだ」

ドミトリアスは、船長が描いた絵の写しを差し出した。一瞥《いちべつ》し、ギアスは首をひねる。

「見覚えはありませんね。まだ新しい、小物の海賊では」

「そのようだ。クアヒナ海軍も、かろうじて名前だけは知っているという程度らしい。彼らも捜索《そうさく》に出ているが、なにぶんクアヒナはあの状態なので、心許《こころもと》ない。そこで、貴官にもぜひ協力を仰ぎたい。海賊を見つけだし、王子と小姓の保護を頼みたい」

「かしこまりました」

「ただし、ことがことなので、貴官と提督以外に知られぬよう」

「無論でございます」

海佐の返答にドミトリアスは頷き、表情をひきしめた。

「とはいえ、最優先すべき任務は、トルハーンの討伐。こちらは発見次第、完膚《かんぷ》なきまでに叩《たた》きつぶせ。知己《ちき》と戦うのは辛《つら》いとは思うが」

ギアスは静かに首をふった。

「いえ、それはもう過去のことにございます。陛下は私に、この任務を受けるか否《いな》か考える猶《ゆう》予《よ》をくださいました。一度お受けしたからには、トルハーン討伐に全力を尽くす所存《しょぞん》にございます。それこそが、私が生きながらえた理由だと存じます」

彼の顔には、迷いはない。

ドミトリアスは頼もしく思うと同時に、痛ましくも感じた。しかし、皇帝として、それを面《おもて》に出すことは許されなかった。

「頼もしいことだ。良い結果を期待している」

ドミトリアスの言葉に、ギアスは頭《こうべ》を垂《た》れた。


――つづく――

あとがき

皆さんこんにちは。大変ごぶさたしておりました。

とりあえず、ウイルスつくった人間は市中引き回しのうえ磔《はりつけ》にしてほしい須賀《すが》です。

あー、前巻のあとがきで「次のコスプレは何かおわかりですね」などと言っておきながら、コスプレできませんでした。すいません。

今回、カリエがとうとう兄離れしてしまいましたが、離れていかれたお兄ちゃんのほうが心配ですな。そ、そして彼のファンの反応も……。今までもかなり怖かったんだけど…

この際なんで書いちゃいますが、エドは、エティカヤ編ではきっぱりはっきり脇役《わきやく》です。なぜか人物紹介で特別扱いされていたので、皆さん一縷《いちる》の望みをかけてくれてたようですが……。

ま、まあ、エティカヤ編以降で活躍するかもしれませんので……多分…。

今でこそ主役を食う勢いのバルアンも、エティカヤ編が終わったら、今のようにはでてこないだろうし。とにかく、そういうことです。必要な人が、必要な時に出てくるってことで。

バルアンといえば、友人某が、ある日電話をかけてきましてな。

「なーなー、おさんぽマヤル（注．バルアンのこと）テーマソングつくってん。嬉しいやろ」

「いや全然」

「（聞いてない）ちなみに三番まであんねん。いくでー。

一．おさんぽマヤール、おさんぽマヤール、さんぽがだいーすきー
二．おさんぽマヤール、おさんぽマヤール、おんながだいーすきー
三．おさんぽマヤール、おさんぽマヤール、いすにはすわれないー
」

ちなみに三番ラストのみ、短調で悲しげに終わります。

音声でお伝えできないのが大変残念です。

しかし、これを真夜中の二時に電話口で歌われた日にゃあ、そのまま丑《うし》の刻参《こくまい》りに出てやろうかと思いましたよ…。

この本の発売直後なんですが、十二月二日に、京都《きようと》でサイン会が行われるようです。

近くにお住まいの方、よかったら遊びにきてくださいませ。

会場となる書店については、折り込みのチラシをご覧ください。

エティカヤ編は、今回から後半突入です。あと三冊ほどだと思います。

今回は、花と香《こう》と脂粉《しふん》の香りでまったりしてましたが、次回は潮と汗と火薬の匂《にお》いで騒々しいでしょう。

それでは、また二月に。

須賀しのぶ

すが・しのぶ

1972年11月7日生まれ。蠍座。O型。上智大学文学部史学科卒業。『惑星童話』で1994年上期コバルト読者大賞を受賞。コバルト文庫に『キル・ゾーン』シリーズ、『ブルー・ブラッド』シリーズ、『天翔けるバカ』シリーズ、『流血女神伝』シリーズなど多数の作品がある。

特徴は、熱しやすく異常にさめやすく顔がこわい。

趣味はほぼ一月おきに変わるが、今のところはフラメンコ。

いつかお花とお茶も習いたいそうだが、おそらく口だけだろう。

流血女神伝
砂の覇王 5

COBALT-SERIES

2001年12月10日　第1刷発行　★定価はカバーに表示してあります

著　者　須賀しのぶ
発行者　谷山尚義
発行所　株式会社　集英社
〒101−8050
東京都千代田区一ツ橋2−5−10
電話　東京　(3230) 6268（編集）
(3230) 6393（販売）
(3230) 6080（制作）

印刷所　株式会社美松堂
中央精版印刷株式会社

ISBN4-08-600038-5 C0193